ペンギンのバタフライ

中山智幸

PHP
文芸文庫

○本表紙デザイン＋ロゴ＝川上成夫

ペンギンのバタフライ　目次

さかさまさか

佳祐が初めてタイムスリップに挑んだのは、吐く息が白くなりはじめたころ。三十四歳の十一月末だった。

住宅街にのびる長い長い坂道を、自転車でうしろむきにくだっていけば、時間を遡れる。

そんな与太話を信じていたわけではないが、藍子を取り戻すためなら、一縷の望みにでも縋りつくしかなかった。

焦茶色のフレームに変速切り替えのない二六インチの自転車は、独身時代から八年乗った愛車で、通勤のために使っていたころは空気圧をみて、油をさし、手入れ全般を怠ることがなかったが、二ヶ月前に失業してからというもの、マンションの駐輪場から動かすこともなく、雨風にさらしっぱなしだった。

久しぶりにまたがった自転車は、ペダルを踏む前からギシギシとチェーンをきしませた。耳障りなその音が、自分を非難する言葉のように聞こえた。

タイムスリップなんて、できるわけない。

できるわけがないだろう。

重石のように心を縛り、やる気を殺ぎにかかるその言葉を突き放すべく、山の手の住宅街を縁取るようにのびた坂道を、佳祐は立ち漕ぎでのぼっていった。

一踏みごとに、チェーンが非難を繰り返す。
見上げる視線の先には夜空が広がり、細い月が浮かんでいた。
腿(もも)の筋肉が張り詰め、膝(ひざ)は今にも砕けそうに痛んだ。きしむ音も、自転車か、自分の膝か、どちらで鳴っているのか判然としない。長らく運動もせずにいたツケが、こんなところに出るとは。

佳祐の聞いたタイムスリップの条件は、「坂道をうしろむきにくだる」ことだけだった。ならば自転車を降りて、長い坂道を歩いてのぼっても構わないはずだが、地面に一度も足をつけずにその坂をのぼりきれるかどうかが、時間旅行の成否を握っている気がしてならなかった。

口の内側を嚙(か)みながら、重みを増してゆくペダルを、力の限りに踏みこむ。

右足。

左足。

右足。

左足。

しかし、坂のてっぺんまで残り五メートルほどのところで力尽きた。ペダル上に立ち上がるように、両方の膝を伸ばしたところでバランスを崩し、すぐに体勢をととのえようとしたが間に合わず、左足が地面を踏んだ。

その場で自転車にまたがったまま、佳祐は肩を落とし、呼吸が落ち着くのを待った。

なにひとつ、うまくいかない。

事故の朝、喧嘩したまま藍子を見送ったこと。

普段どおりに帰ってくると信じて疑わずにいたこと。

その日もまた、プランターの花に水をやりわすれたこと。

あふれてくる後悔のひとつひとつが、妻の死の原因に思えた。植物への水やりが人の命を左右するはずもないと、藍子の声でささやかれたが、佳祐にはそうは思えなかった。バタフライ・エフェクトという考え方もある。なにが、どう作用してこんな事態になったのか、だれにわかるだろう。

しかし、自分を責めたところで突破口がひらけるわけもなく、最後にはやはり、妻を殺した張本人である菅野ヒカリの顔を思い浮かべずにはいられなかった。

（あいつがいなけりゃ、藍子だって死なずにすんだ）

怒りを動力源に右足でペダルを踏みこみ、左足もペダル上に復帰させた。

坂をのぼりきると、キックスタンドを立てて自転車を停め、キルティングジャケットの前ボタンをすべて外(はず)した。

師走(しわす)を前に、都内の週間天気予報にも雪だるまの絵が登板(とうばん)するほどの冷え込みだったが、息を切らす佳祐に、冬の冷気はむしろ心地よかった。

スタンドを後ろに蹴り上げ、坂道を背に再びサドルにまたがり、ハンドルに手を置いたまま、うしろを振り返る。

後輪は、下り坂の始まりに位置づけている。

これから、うしろむきに、この坂をくだっていくのだ。この自転車で。

子供に言い含めるみたいに、やるべきことを確認した。

坂道は、ほぼ直線で、二〇〇メートル弱。

どこまで行けるだろうかと、間隔をあけて並ぶ電柱を、計測ラインに見立てて考えた。

午後九時過ぎの住宅街に、人の姿はなかった。

カタン、カタンと、電車の走っていく牧歌的なリズムが聞こえてきた。坂道の右手には格子状(こうしじょう)のフェンスが設けられ、その向こう、急角度の斜面の下には私鉄の線路が走っていた。

前に向き直り、指先をブレーキレバーから離して、ハンドルだけを強く握りしめる。電車のリズムが遠ざかっていく。

うつむいた視線の先に、オレンジ色のスニーカーが見えた。八月末の三十四歳の誕生日プレゼントにもらったニューバランスだ。「通勤には不向きだから休日専用ね」と藍子が笑った。その後の三ヶ月で、人生は一変した。いや、「崩れた」と言ったほうが実態に近いだろう。

九月の終わりに会社が計画倒産をやってのけた。社員たちの自宅に弁護士からの封筒が届くまで、経営が危ないことすら知らずにいた。一週間後には勤務先が消滅するというので慌てて転職にとりかかったものの、うまくいかなかった。

失業して、毎日が休日になったが、その靴を履くこともなくなった。外出といえば就職活動のためで、しかし革靴での日々は実を結ばず、「最悪だ」とぼやいては、慣れない酒を飲んだ。

藍子の死ではっきりしたのは、失業が「最悪」ではないということだった。

もう一度、長い下り坂を振り返る。

(できるか?)

自問しながら前に向き直り、唇を噛んで目を閉じる。

まぶたの内側が、熱を帯びはじめる。

藍子の顔が蘇(よみがえ)り、不思議な坂について教わった日のことを思い出した。

「ここをね、自転車でうしろむきに走ったら、時間を遡れるんだって」

うしろのドアをくぐって　うしろのドアをくぐって
不意に、古い歌詞が蘇ってきて、佳祐は顔をゆがめた。

そんな歌、思い出したくないのに、思考に蓋(ふた)はできない。一万回も聞いた曲だ。脳細胞のぜんぶに染(し)みついている。

その音楽から逃(のが)れるように、佳祐は地面を蹴った。力任せに、蹴った。

ふらつきながらも自転車は動き出し、直後に前輪が大きくぐらついた。思わず、右足が地面を踏んでしまう。無意識のうちに、両手ともブレーキレバーを目一杯に握りしめていた。

小刻みに、白い息を吐き出す。

移動距離は二メートルにも満たない。

それでも、過去に戻れていないかと、淡い期待とともにスマホで日時を確かめた。

変化なし。

景色にも変わったところはない。

（そもそも自転車でうしろむきにくだるなんて、どんな曲芸だ）

悪態をつきながらも道のてっぺんに自転車を戻し、今度は両手ともハンドルの中心に近い部分を握った。バランスを取る難度は増すが、恐怖心で勝手にブレーキをつかむこともない。そう判断してのことだった。

（死んでもいいんだろ。怪我なんて気にするな）

自分に言い聞かせ、あらためて、地面を蹴った。

下り坂を、自転車が加速していく。

滑り出し順調。

そう思った途端に、体が左右にぶれた。

前輪が大きく揺れ、一瞬、タイヤがふたつとも宙に浮いて感じられた。

それでも転倒することなく、自転車は後方へと進んでいった。

ふら、ふら、とすこしも安定しないまま、目の前の坂道がじわじわと距離を延ばしていく。

やった、と思った瞬間、地面の感覚が消えた。

サドルの感触も消え、自転車から投げ出されたのだと思ったが、目に映る景色は輪郭を失って像を結ばず、なにも見えないのと同じで、自分がどんな状況にあるのかを把握(はあく)しきれない。

全身が浮遊の感覚に包まれる一方で、おびただしい数の手が四方八方から自分を引っ張る感じがあった。

ああ、転んだのか、と理解したとき、ガッ、と硬い音が耳に刺さった。

自宅ダイニングの椅子(いす)に、佳祐は座っていた。

テーブルのノートパソコンには、書きかけの小説のファイルが開かれている。

最後の一文の下でカーソルが点滅を繰り返し、続きの言葉が入力されるのを待っていた。

キーボードに添えていた指を持ち上げた佳祐は、画面上部の時刻表示に人差し指をあてた。

20：52
その横に表示された日付は、11月27日。

戸惑(とまど)いの激流の中、氾濫(はんらん)する言葉が言葉の形をとれず、意識をただ塗りつぶしていく。

知っているはずの名前を思い出せないときと同じもどかしさが渦巻き、まばたきを何度か繰り返したあとで、ようやく理解した。

(成功だ。成功したんだ)

驚きで胸が破裂しないよう、呼吸をととのえながら、窓側に視線を移した。

深緑色のカーテンは閉じられ、カーテンレールには「HAPPY BIRTHDAY」の文字飾りがさげられている。ソファ手前のローテーブルには、ナイフ、フォークとワイングラスが並べてあった。

壁掛けのCDプレイヤーからぼんやりと流れていた音楽が、徐々に輪郭を取り戻していく。ドラムやベースの響きにかぶさるようにして、歌声が聞き取れるようになり、佳祐は思い出した。

藍子の帰りを待つあいだ、誰にも読まれるあてのない小説を書いていたこと。少年時代からの愛聴盤(あいちょうばん)を小説のモチーフにするため、その夜も同じアルバムをリピート再生させていたこと。まだ、藍子が生きていること。スピーカーから聞こえる歌声の主(ぬし)、菅野ヒカリが、これから自分の妻を殺すこと。

椅子から立ち上がった佳祐は、壁に大股(おおまた)で歩み寄って停止ボタンを押した。部屋が静かになった。

スマホを見つけ、藍子の番号をタップした。

なんとしてでも運転をやめさせなければ、という一心だったが、電話は無情に「運転中です」と応じた。運転前には携帯をドライブモードに切り替える藍子の慎重さへの苛立ちも手伝って、メッセージを吹き込む佳祐の口調は性急なものになった。

「俺だけど、これ聞いたら電話して！　頼むから！　いますぐ車停めて！　そこから動かないで！」

車での出勤も珍しいことだった。パッケージデザイナーとして企業に勤める藍子は、その日、大量の荷物を積み込んで幕張でのイベントに出かけていた。社運をかけたプロジェクトだとは聞いていたが、藍子は二週間近くまともに眠っておらず、心配する佳祐にも「だいじょうぶ」と力ない声で返すばかりだった。

彼女の会社での評価が、その案件の結果で大きく違ってくることも理解はしていたが、栄養ドリンクの箱買いは黄色信号に見え、「心配して言ってやってるのに」と嫌味まじりに告げた。藍子は無言で出かけていった。それが十一月二十七日、彼女の誕生日の朝の顛末だ。思い返すと、すべてが事故へ向けてのお膳立てに見えてくる。

藍子を送り出してひとりになると、佳祐の頭も冷めていった。心のどこかで、仕事が順調な妻を妬んでいる気がした。

「わたしが稼ぐから、焦らなくていいよ。ちゃんと、やりたいって思える仕事見つけてね」

そんな気遣いさえ、素直に受け止められなかった。誕生日くらい、楽しく祝うつもりだったのに。

幕張のイベント会場を訪れ、いっしょに帰り、どこかでディナーでもと思っていたが、仲直りもしないまま会場へ飛び込む度胸もなく、考えを切り替えた佳祐は、自宅でささやかなパーティの準備を進めた。

時間を遡って我が家に戻ってきた佳祐は、それすら実らぬ努力であることを知っていた。妻は帰らず、誕生日を迎えることも、ワインに頬を赤らめることも、二度とないのだと。

留守電にメッセージを入れ終えると、佳祐はもどかしさに椅子を蹴った。

タイムスリップできるのなら、せめて、その日の朝まで戻してほしかった。余計な口出しを控えて、当初の計画どおり、藍子を幕張まで迎えに行くのに。どうして事故の直前なのか。たった三十分で何ができるというのか。せめてあと一時間……。

願っても無駄だと自分に言い聞かせながら、頭を振った。

室内をさまよいながら、もう一度あの坂道をうしろむきにくだるべきかと考えた。

あらためて、時計を見る。

藍子が車に乗る前に連絡できれば……。

絶対に車を運転しないよう頼むことさえできれば……。

考えるたびに、佳祐の意識に事故の瞬間のイメージが差し込まれた。避けられない運命だと認めさせようとするみたいに、繰り返し、繰り返し。その瞬間を実際には見ていないが、事故現場には足を運んで、風景は細部まで的確に思い描くことができる。

（あの道を、藍子が通らなければ）

そう思ったときに、ひらめいた。

（事故現場に先回りして、藍子を車から引っ張りだすんだ）

そんなあたりまえのこと、どうしてもっと早くに思いつかなかったのかと、自分の思考の鈍さを呪いながら玄関に急いだ。スニーカーに足を突っ込み、マンションの階段を、いまにも転びそうな勢いで下りていった。

一階の駐輪場には、坂道に置いてきたはずの自転車が待っていた。

佳祐にとっては、ついさっきの出来事だが、日付でいえば二日後のことだ。

その事実に、瞬間たじろいだが、即座に意識を切り替えた。悩む余裕はない。一秒だって惜しかった。

解錠してサドルにまたがり、ぎしぎしと軋みを響かせながら車道へ出た。そこに至ってようやく寒さに気づいた。上は薄手のニットを着ているだけだったが、コートを取りに戻ることはせず、立ち漕ぎで事故現場を目指した。

自宅から六キロほど離れた場所で起きた事故だった。

交差点の手前で信号待ちをしている藍子のヴィッツに、飲酒運転のビートル１３０２Ｓが突っ込んできた。相手はアクセルを踏み込んだまま交差点を左折してきて、対向車線に停止していたヴィッツの運転席側に激突。古いビートルは紙屑のように変形し、どちらの運転手も病院まで息が保たなかった。

ビートルを運転していたのは往年の人気ミュージシャンで、名を萱野ヒカリといった。

九〇年代半ばにバンド、ファブヒューマンを率いて音楽界を席巻し、当時、十代だった佳祐もサイン会に参加するほどに心酔していた。

紅一点でリーダーでもあったヒカリは、バンド解散後もプロデューサーとして名を馳せ、手掛けたCDの総売上枚数は三〇〇〇万枚を超えたが、成功の絶頂に長居していたある日、運転中に人身事故を起こして活動休止に追い込まれた。

二年のブランクを経て復帰したのち、若手グループを売り出して世間を賑わしたが、既に社会人だった佳祐の耳に、ヒカリの新しい作風は馴染まなかった。その後、大手芸能プロダクション幹部が主謀した詐欺事件に絡んで、ヒカリは逮捕された。彼女に関する情報は、そこで途絶えていた。

警察からヒカリの名を聞かされたときには、耳を疑った。妻を殺したのが、あの菅野ヒカリだと確かめると、佳祐は混乱した罪悪感に苛まれはじめた。藍子と出会うよりもずっと以前から、藍子を裏切っていた気がしたのだ。

加害者である菅野ヒカリも死んだとなっては、責める相手にすら事欠いた。

事故は自分の責任だと考えだした佳祐は、自殺を検討しはじめた。妻も仕事も失い、どうして生きていけるだろうか。生気も薄れた眼で時計を見ては、藍子の死から何時間何分何秒が経過したのかを計算した。タイムスリップの話を思い出したのは、四十五時間二十七分三十五秒が過ぎたときだった。

それは、藍子から教えてもらった都市伝説だった。

「誰に聞いたか忘れたけど」

その手の話は、いつも同じ前置きから始まった。

藍子には出所不明の記憶が多かった。東京で生まれ、幼いころから無数の人々、情報の洪水の中にいるのだから、誰に聞いたかなんて覚えてなくて当然だと、地方出身の佳祐は理解していた。彼女がそんな話題を口にするのは、趣味で小説を書いていた佳祐にネタを提供する意味もあった。

両想いになれる橋。

花火大会を楽しむ穴場。

絶対に渋滞しない抜け道。

どれも実際の場所に案内してもらい、真実であることを確認した。ただひとつ、真偽のわからない場所があって、それが、時間を遡れる坂道だった。

「ここを自転車でうしろむきに走ったら、時間を遡れるんだって。やってみる？」

買い物帰り、車で視察に訪れた坂のてっぺんで、藍子は挑発気味に笑った。

もしそこに自転車が用意されていたとしても、時間を戻さなければいけない理由など、そのときの佳祐には、ひとつもなかった。

事故現場に到着した佳祐は、電柱の横に自転車を置いた。背の高いマンションに挟まれた道を、強い風が吹き抜けていき、標識のポールを揺らした。

間に合った。

まだ、事故は起きていない。

佳祐は念入りに周囲を見渡した。

時間を遡った甲斐があった。あそこで諦めなくてよかった。

藍子を助けることができたら、なにが起きたのかぜんぶ伝えよう。佳祐は、そう、決意した。

自転車を置いた場所から一〇メートルほど先で、道は二車線の道路と交差している。ヒカリの車はそちら側から突っ込んでくるはずだった。佳祐は交差点近くで藍子を待ち、ヴィッツが見えたら駆け寄って車を停めさせ、無理にでも彼女を車から降ろすつもりでいた。

駅からの抜け道に使う人も多い道路だった。

四台の車を見送ったところで、午後九時半になった。

マンションの塀にもたれていた佳祐は、そろそろだと判断して車道に踏み出した。

そのとき、衝突音が聞こえてきた。

ヒカリの車がやってくるはずの交差点の方角からだった。

重みのある鈍い音に、佳祐の全身が総毛立った。

事故の場所を勘違いしたのかと、焦って駆け出した。

道を曲がった彼の目が捉えたのは、電柱に単身突っ込んだビートルだった。

五、六人が遠巻きに見ていた。若い男がスマホを車に向けると、思い出したようにもうひとり、またひとりと撮影を開始した。

佳祐は運転席側に駆け寄って中を覗いた。エアバッグも設置されていない古いビートルは、ボンネットが迫り上がる格好で潰れていた。運転席はかろうじてスペースを保っている状態で、ハンドルに押しつけた顔は長い白髪に隠れてよく見えないが、菅野ヒカリに間違いなく、ぴくりとも動かなかった。

佳祐は、思わず顔をほころばせた。

誰かに声をかけられなければ、大声で「ありがとう！」とビートルの残骸を叩いたに違いない。藍子を巻き込むことなく自滅してくれたヒカリに、最大級の謝意を伝えるために。

「大丈夫ですか」

背後から、しわがれた声が聞こえてきた。

振り返ると、ラクダ色のフリースを着た老人が近づいてくるところで、佳祐は喜びを押し殺しながら声をあげた。

「救急車！　呼んでください！」

佳祐の頼みに左手を高々と挙げてから、老人は覚束ない足取りで方向転換し、細い道へ戻っていった。そこへ五十歳くらいの女性が小走りに近づいてきて、「ちょっと」と佳祐に突っかかった。

「救急車なら私、呼んだけど！」

大きな手振りで女性は抗議してきた。いまにも飛びかかってきそうな勢いに気圧されて、佳祐はあとじさった。

「どうすんの、二台も呼んで！　テレビで言ってたのに、救急車が不足してるって。知らないの！」

「いや、でも」

言い淀(よど)んでビートルに視線を戻した佳祐の耳に、新たな衝突音が飛び込んできた。

抗議中だった女性が「きゃっ」と短く叫んだ。

佳祐は息を呑(の)んだ。

胸の内側から心臓が逃げ出したがっているみたいに、強く叩いてきた。

ふたつめの衝突音が耳の奥に潜(もぐ)り込んで消えず、不吉さを煽(あお)る効果音みたいに鳴り続けていた。

(見たくない。見たら、終わりだ)

心が拒(こば)むのに、足が勝手に体の向きを変えさせた。

マンションをまわりこんだ向こう側。そこでなにが起きているのかを、「見ろ、見ろ」と強(し)いられるみたいに、足が、ひとりでに進んでいく。

角を、曲がる。

フリースを着た先ほどの老人が、道の真ん中にへたりこんでいた。

さらにその奥で、マンションの外壁に吸いつくように、藍子のヴィッツが潰れていた。

過去に戻っても、藍子を取り戻すことはできなかった。

老人に驚いて急ハンドルをきったヴィッツは、マンションの壁に飛び込んだ。今回も、藍子は即死だった。

一方、先に単独で事故を起こした菅野ヒカリは、些細な怪我だけで命に別状はなかった。

こんな馬鹿なことがあるかと、佳祐は激しく嗚咽を漏らした。

こんなことなら、ビートルを覗きこんだときにヒカリを引きずりだして、首を絞めておけばよかった。藍子は帰らないが、ヒカリだけ生き延びるのはおかしいじゃないか。

どうして事故現場にいたのか警察に問われた佳祐は、「知っていたからだ」と声を荒らげた。よだれを吐き散らしながら叫んだせいで、錯乱していると解釈された。

どうして事故現場にいたのか？　俺があそこにいなければ、あのじいさんが藍子の車の前にふらふらと出ていくこともなかったのか？　俺が藍子を事故にあわせたのか？

長い夜が明け、義父母に連れられて警察署から自宅マンションに帰ると、「お葬式のこと、決めないと」と義母が気丈な態度で言った。その律儀さに、佳祐は藍子を重ねた。

皺(しわ)の目立つ細長い指で、義母は佳祐の手を包んだ。

「ごめんなさいね」と義母が謝った。

熱のこもった手だった。

佳祐は声を振り絞(しぼ)った。

「たすける、はずだったんです」

義母の手も震(ふる)えていた。

何も食べず、何も飲めないまま、更(さら)に一晩が過ぎた。

メディアでは菅野ヒカリの事故だけが報道された。

佳祐が時間を遡る前、一度目の事故では、藍子の写真も同じ画面に現れていた。「堕(お)ちた天才に巻き込まれた悲劇の女性」と、ワイドショーのコメンテーターたちにも憐(あわ)れまれたが、今回は藍子の名すら出なかった。

午後になり、義父は外を歩いてくると言い残して出かけた。佳祐がベッドで布団にくるまっているあいだ、義母は掃除機をかけた。それが終わると、バルコニーから雑巾を持ってきて拭き掃除を始めた。散歩から戻った義父にも窓を拭くよう指示した。窓掃除を終えた義父は、風呂掃除に取り掛かった。壁をとおして聞こえてくる生活音は、自分と藍子の暮らしを再現しているようで、佳祐はまた嗚咽を吐き出した。義母が寝室にやってきて、背中をさすった。

「ごめんなさいね」

娘の不手際を謝るように、義母はちいさく告げた。

佳祐の呼吸が落ち着きを取り戻すと、義母は寝室をあとにした。ひとりになってベッドに横たわった佳祐は、そのまま眠りに落ちた。

「結婚失敗したとか思っても、時間戻さないでね」

坂道を視察した帰りの車中で、運転席の藍子が言った。

「それは、藍子がそうする可能性があるってこと？」

問いに答える代わりに、彼女はハンドルに添えた指でタタタッ、とリズムを取った。

「なに、やりなおしたいことあるわけ？」と佳祐は質問を変えた。

「わたしが？」

否定を匂わせる、弾んだ声で返された。

赤信号に引っかかり、藍子はブレーキを踏みつつ疑問を口にした。

「でもさ、なんでみんな、過去に戻る、イコール、失敗をやりなおすって考えるのかな」

その反応に、佳祐は苦笑した。

考えるまでもなく、ましてや聞くまでもないことだった。

藍子は高校時代、陸上部に所属して、高跳びの競技では日本代表を目指せるレベルだったというが、怪我が原因で引退を余儀なくされた。その経験を挫折に向かわせずず、以前から興味があったデザインの大海に飛びこんだ。そこで戦う決意を鈍らせないために、「飛べなくても、飛びこむことならできる」という信念を込めて、ペンギンのキャラクターを生み出した。

無敵のポジティブさを具えた人間に、やりなおしたいことを問うなんて。

「佳祐は？　あるの？」

「あるよ」苦笑とともに返事をする。「そりゃ、人並みに」

「たとえば？」

信号が青になった。

佳祐は考えた。

容易に蘇る後悔はいくつかあるものの、「やりなおしたいほどか」と自問すれば、疑問符がくっついてきた。

「しぼらないと出てこないなら、たいした後悔じゃないよ」

心を読んだかのような藍子の指摘に、佳祐は同意の笑み（え）を浮かべ、誕生日にもらった真新しいスニーカーに目をやった。

彼女と暮らすほど、自分の精神にも光が蓄積（ちくせき）されていく気がしていた。

そう考える佳祐の胸には、陽（ひ）だまりを思わせるぬくもりがあった。このままいけば陽気な老夫婦になるだろう、というのが、いつからか、ふたりだけの冗談としてかわされるようになっていた。

「やりなおすんじゃなくて、もう一回おんなじ人生を味わうためだったら、戻るのもいいかもね」と、誘導するように藍子は言った。

「俺が転ぶところから？」

佳祐の問いかけに、藍子は遠慮なく笑った。

それは、ふたりの出会いにまつわる思い出だった。

知り合ったきっかけは、それぞれの友人同士の結婚式で、ともに二次会の幹事を任されたふたりは、サプライズの段取りを打ち合わせるため、二次会の会場でもある青山のレストランで初めて顔を合わせた。

真夏の土曜日だった。

彼女の着た白い長袖ブラウスにはトリコロールカラーのボタンが五つ、縦に並び、豊かな胸の盛り上がりとともに佳祐の目を引いた。

スヌーピーのTシャツでやってきた佳祐は心持ち肩を狭くさせ、急いで隣のセレクトショップに飛び込み、この店にふさわしい、大人っぽい服を調達してこようかと真剣に考えた。しかし、藍子が彼の服に無関心なまま話を始めたので、佳祐も気にするのをやめた。

コーヒーを飲みながら打ち合わせを進め、二次会当日の流れを整理したあと、店側の協力を得て、ステージ上での段取りを確認した。

二次会の途中、佳祐が贈り物の箱を抱えてステージ脇から登場する。

舞台の上手に食料庫として使われている小部屋があり、そこにサプライズのプレゼントを隠しておく。マイクスタンドの位置に立った藍子は声に出しながら、ひとつひとつの動きを確認していった。

「それでわたしが、なにか届いたようです、って言う。そうしたら中野さんにはそのうしろのドアをくぐって、入ってきてもらう」

佳祐の背後を指して藍子は言った。その言葉に佳祐は馴染みのメロディをあてた。

うしろのドアをくぐって　うしろのドアをくぐって
ささやかな偶然だったが、佳祐の恋心を決定づけるには充分だった。

それでなくとも藍子という女性に惹かれつつあった佳祐は、この子もファブヒューマンが好きなのかな、それならもっと話せることもあるなと、浮ついた気分でうしろむきに歩き出し、ささやかな段差で転んだ。

頭を打ち、つぎに目を覚ましたときには病院にいた。

すぐそばに藍子が座っていて、見ると、佳祐の手を握っていた。

「わたしが生き返らせた」と、のちに彼女は言った。幸い、頭に怪我はなかった。

藍子の言葉に古い歌を思い出したのが転んだ理由だと、佳祐は説明した。藍子はその歌を知らず、ファブヒューマンも名前しか聞いたことがないと言った。

二週間後、二次会の幹事を無事に務め上げたあとで、佳祐のほうから交際を申し込んだ。両想いになれるという橋の上でのことだった。

有能なコンダクターに導かれる旅のように、ふたりの日々は不安気(げ)なく進み、同(どう)棲(せい)が始まって、恋人から夫婦へと関係も変わっていった。

ふたりの赤い糸は手の小指ではなく、足と足とをゆるやかに結んでいるようだった。人生の終わりまで足並みが乱れることなどない気がする、と佳祐はプロポーズの際に宣言した。

人生の終わりまで――。

藍子の退場が早すぎたことを除けば、その予感は的中した。

目を覚ますと、寝室は真っ暗だった。厚手の遮光(しゃこう)カーテンをめくってみると、窓の外も暗くなっていた。

ベッドを降り、いま何時だろうと考えながらリビングに行ったが義父母の姿はなく、誕生日を祝うための飾りも撤去(てっきょ)されていた。

食器はすべて棚にしまわれ、ゴミ箱は空(から)っぽ。テーブルにはホコリひとつなく、そこでどんなふうに生活していたのかもわからない。くぼみも出っ張りもない岩肌を前に、ロッククライミングを始めようとしている気分に襲われた。

義母もやるせなさのあまり、掃除に専念したのだろう。しかし、あまりに片付いた部屋に立つと、いますぐにでも退去できそうで、藍子亡きいま、佳祐ひとりがその部屋にとどまる理由もないとでも宣告された気分になった。

慌てて、佳祐は藍子の痕跡（こんせき）を探した。

彼女の椅子。

書棚の一段を占めるアクセサリーたち。

予定の書き込まれた壁掛けカレンダー。

クリスマスに開けるはずだったワイン。

事故の前夜に使った殺虫剤。

今、ここに、巨大なゴキブリが現れても、もう叫び声は聞こえないのだと気がついた佳祐は、体を傾（かし）がせ、壁に肩をぶつけた。

(ゴキブリくらい、いくらでも退治してやるからさ)

頭に浮かぶ言葉まで、涙声になる。

死ぬか。

生きていても。

「なんで?」

藍子の声で聞こえた。

なんでって。

反論が浮かばず、なにか飲もうと冷蔵庫の前に立つと、平たいマグネットに描かれたイラストが目に入った。藍子の生み出したペンギンのキャラクターだ。正しくは、ペンギンのぬいぐるみを着込んだ人の絵で、それを彼女は自分の分身として描いていた。オリジナルグッズを作れるサイトで注文した、この世に一点だけのマグネットだ。

佳祐はマグネットに指先で触れ、そこから藍子の顔を、声を、蘇らせた。

なにか、とても大切なことを忘れている気がした。

しかし、それがなにかは思い出せない。

ペンギンに触れた指をそのままに、なにを忘れているのかと自問を繰り返したが答えには行き着かず、ひとところに立っているのももどかしくなって、キッチンとリビングをうろうろと歩きまわった。

壁掛けのCDプレイヤーに、ファブヒューマンのアルバムがセットされたままだった。

考えても詮無(せんな)いことと理解しつつも、藍子ではなくヒカリが死んでいてくれればと思った。

菅野ヒカリの音楽には、ティーンエイジャーのころから幾度となく励まされ、助けられたとも感じてはいるが、妻とどちらかを選べるのならば、迷いはない。

でも、と佳祐は考えた。藍子ならこう言うかもしれない。

「ヒカリさんが助かっただけでもよかったじゃないの」

プレイヤーの電源を入れ、CDを再生した。セットされていたのは、盤面にヒカリのサインが書かれた特別な一枚だった。

そのアルバムは「出会えないふたり」をコンセプトに掲げた作品で、主人公である少年と少女が最後の曲で、ようやく互いに触れる。初めて藍子に聞かせたとき、「物語としてはできすぎだけど」と佳祐は謙遜とも照れ隠しともつかない解説を添えた。藍子はこう返した。

「大事だと思うよ、ハッピーエンドって」一拍置いて、こう続けた。「ね、佳祐もさ、次はもっと幸せな物語書こうよ。最後に神様が現れて、ぜんぶ解決するみたいなの」

重苦しい小説を書いては投稿を繰り返し、二次審査以上には進んだことのない佳祐への、藍子なりのアドバイスだった。

「それはない」

答える佳祐は憮然（ぶぜん）としていた。

「どうして？」

「どうしてって」とシニカルな口調で返す。「現実にそんな都合いいことないし」

「ないから書くんでしょ？　違うの？」

一桁（ひとけた）の足し算の答えでも述べるように発せられた言葉はシンプルで、反論の余地もなかった。

亡き妻の苦言（くげん）を蘇らせながら、佳祐はソファに身を沈めた。

四曲目のイントロが流れてくるころ、やはりなにか忘れている気がして、佳祐は腰を浮かせた。

なにを忘れているのか、まるで思い出せなかった。

（なにか、大切なことだ、すごく大切な）

ソファから立ち上がり、いま何時だろうと考えた。

時刻を確かめたかったのか。

（ちがう、そんなことじゃない）

否定しながらも、目はテレビ台の置き時計に向かった。

午後七時半。

カレンダーに目をやり、事故から四十六時間が経過しようとしていることを理解する。

二日前のいまごろ、藍子は生きていた。

もしも事故の前に戻ることができたら。

そう考えたとき、ひとつの言葉が口をついて出た。

「坂」

朝日に向かってカーテンを開いたように、記憶が広がっていく。

藍子の声。

夏の入道雲。

時間を戻れる坂道。

（そうだ！　それを試そうと思ってたのに！）

どうしてそんな肝心なことを忘れていられたのか、自分に腹が立って頭を掻きむしった。

（あの坂に行って、時間を戻すんだ！）

上着も取らず玄関へ向かおうとした。

そのとき、インターホンが鳴った。

一階のエントランスからだった。

義父母かと思い、モニターを確かめるより早く通話ボタンを押して、「はい」と応えた。

「中野さんですか」

義父母のどちらでもない。低い、女の声が聞こえてきた。

「菅野です」

小さなモニターに映ったトレンチコート姿の女性は、長い前髪を垂れるままにして、右手はポケットに突っ込み、左手の甲で鼻の頭を拭ってから言った。

「きみさ、過去、変えたよね」

その一言で、すべて蘇った。

コンビニもファストフード店もなく、有料の駐車場すらない町。最も活気があって賑わう場所は青果市場という田舎で、佳祐は育った。

そんな土地に、テレビのチャリティ企画で菅野ヒカリがやってくることになった。佳祐が高校二年の夏のことだった。

バンドは同伴せず、トークショーのみだったが、それでも一目拝まねばと、佳祐は夏休みの課外授業を途中で脱け出した。

パチンコ屋に自転車を置いて、全力で走った。アーケード商店街に到着するころには、汗に濡れた制服は肌を透けさせていた。アーケード内に立ち込めた日本茶やたこ焼きの匂い、エアコンの室外機の音も不快さを煽ったが、開始ぎりぎりに滑り込むと満面の笑顔になった。

急ごしらえのステージに登場した菅野ヒカリは、ザ・フーのTシャツにダメージジーンズという服装だったが、どれも値の張る品であることは、ジャージが普段着の佳祐にもわかった。

ヒカリは終始高いテンションで司会者と言葉を交わし、壇上から観衆に手を振った。

彼女が動くたび、野太い歓声があがった。

だらだらと歩いては、つまんねえ町だなと友人たちと愚痴をこぼすだけだったアーケードが、ヒカリのおかげで別世界になっていた。

トークショーのあと、ＣＤ購入者を対象にサイン会が催された。

ファブヒューマンの作品はすべて所有していたが、愛聴盤をもう一枚買い足して、佳祐も列に並んだ。

明らかに地元の人間ではない、身なりの小奇麗（こぎれい）な一群が列の半分を占め、自分まで順番がまわってくるか不安を募（つの）らせながら、佳祐は首にかけたスポーツタオルで、肌が赤らむまで汗を拭った。

当時の菅野ヒカリは、髪をくすんだ銀色に染めていた。小さな体と不釣り合いな歌声のパワフルさ、酒豪エピソードにも事欠かず、自身の恋愛についてもあけすけに語り、何人もの芸能人と浮き名を流した。「嫌な女」と批判も絶えなかったが、男女問わずファンは多く、書く曲は必ずチャート上位に登場した。

途中、暑さにまいったらしいヒカリが、裏へ引っ込んだ。まさかこれで中止かと焦ったものの、五分ほどの中断を挟んでサイン会は再開された。

無事に順番がまわってきて、佳祐がＣＤを差し出すと、彼女は顔も見ずに受け取り、「名前は？」と質問した。緊張でどもりながらフルネームを名乗ると、ヒカリは顔をあげて、いたずらっぽい笑みとともに、こう尋（たず）ねた。

「漢字は？」

佳祐が玄関を開けると、菅野ヒカリは乱暴にドアを引っ張り、大股で入ってきた。

ベージュのトレンチコートにパープルのカットソー、首には真っ赤なストールを巻きつけている。ブルージーンズはどうやって足を通したのかわからないほどの細身で、右足をあげたかと思うと黒革のブーツをその場に脱ぎ落とした。さらに左足を持ち上げながら彼女は言った。

「ビール」

馴染みの店さながらの気安い発言で我に返った佳祐は、ヒカリを両手で押しとどめた。

玄関の段差を乗り越えようとしていたヒカリはバランスを失って後方にふらつき、閉じたばかりのドアに背中をぶつけた。

「これが?」

聴衆に訴えるみたいに両方の掌（てのひら）をひろげてみせてから、彼女は体勢を戻した。

「助けに来た相手に対する仕打ち？　おかしくない？」

ヒカリは痩せているばかりでなく、佳祐の目には、記憶よりずっと縮んで見えた。

「なんであんたが」

それ以上、なにを言っていいかわからず、言葉が続かなかったが、敵意は間違いなく伝わる口調だった。

ヒカリは意に介することなく「いいじゃん、ビールくらい」と佳祐の肩に手を置いた。「のど、かわいてんのよ」

佳祐をすり抜けた彼女は廊下を進み、冷蔵庫を見つけるや、缶ビールを取り出した。

「なに、これ」

ペンギンのマグネットを顎で指しながら彼女はプルタブを引いた。

部屋ではファブヒューマンの曲が流れっぱなしで、若々しいヒカリの声が「ラクガキひとつで世界を変える」と歌っていた。ヒカリは両目をきつく閉じ、勢いよくビールを飲みつづけた。ようやく缶を口から離すと、手の甲で口元を拭って、こう言った。

「このアルバムのさ、ちょっとあとくらいかな、シングルのジャケでさ、ペンギンの着ぐるみを着る、なんてアイデア持ってきた馬鹿がいたから、クビ切ってやったの、思い出しちゃった」

露悪(ろあく)的に笑うヒカリを押しのけた佳祐は、冷蔵庫のマグネットを剝(は)がしてポケットにしまった。

「さかさま坂」

ビールの缶をカウンターに置きながら、ヒカリは言った。

「忘れてたか、でなきゃ、そろそろ忘れかけてたところじゃない？」

なんの話か、すぐに思い当たった。佳祐は表情を険(けわ)しくした。その反応に満足したふうに、ヒカリは言葉を続けた。

「どうしてわかるのかって？　じゃあ無料レッスンしてあげよう。あの坂道を一度でも利用した人間は、以後、他の誰かが使ったときに、お知らせを受け取るようになるの。頭を、こう、ぐいぐい踏みつけられる感覚でね。きみもいずれ味わうと思うけど、でも、そのときには時間旅行したこと自体を忘れてる。重めの偏頭痛(へんずつう)くらいにしか受け止めきれないって寸法よ」

彼女は左手で自分の頭をごりごりと押してみせ、それから快活に笑った。

まだ四十代半ばのはずだが、五十をとっくに過ぎて見えた。痩せて皺の数ばかり増やしていき、おんぼろ船の中でフックに吊るされた作業着を思わせる見窄らしい姿。化粧もほとんどしていない。

「でさ、わたし一回死んだよね？」

ヒカリはビールの残りを呷り、一昨日の晩にも頭を踏まれたのだと、苦々しく訴えた。

「だってさ、せっかく死んだはずなのに、気がついたらまた運転席にいた。頭痛もひどくてね。ああ、だれかがあの坂を使ったんだなって気づいた。警察にきみの奥さんのこと聞いたとき、だれが時間を戻したのか見当がついたってわけ。どう、わたしの推理、冴え渡ってるでしょ？」

その推測を確かめるため、部下に藍子の住所を調べさせ、訪ねてきたのだと彼女は打ち明けた。

「きみの奥さんは前回も死んだんじゃないの？　だからあの坂を使った、でもうまくいかなかったんだね？」

同情を演出するような口調に、佳祐はカウンターを強く叩いて怒鳴った。

「あんたが殺したんだ！　藍子は停まってたんだ！　あんたが突っ込んできて！

あんただけ死ねばよかったのに！」

ヒカリはなにも聞こえないかのように、ダイニングテーブルに移動して椅子に腰掛けた。それから半身をよじらせ、壁掛けのCDプレイヤーを振り返って皮肉な笑いを浮かべた。佳祐は回転しているCDを乱暴に抜き取った。高校時代、ヒカリにサインをもらった特別な一枚だったが、その場でまっぷたつに割って床に放った。

「覚えてるよ、一回目の事故の瞬間。だからさ、きみが望むんなら、いまこの場で窓から飛び降りてやってもいいよ」ヒカリは挑発的に言った。「ただし、奥さんを取り返せる見込みはぐっと減る。多分、ゼロだね」

彼女の言葉に佳祐は目つきを変えた。

「わたしに任せてくれたら、助けたげる。だから奥さんの電話番号教えなさいよ」

「ふざけるな」

肩をわななかせながら、佳祐は答えた。

「もう一回、俺がやる。あんたは引っ込んでろ」

「そう意気がらないでよ。努力すれば報われるって信じてるタイプ？　願いがかなうって？　あんたもポップ・ミュージックの犠牲者？　いいから、先輩の話にゃ耳貸しなさい。じゃあ、無料レッスンの続きからね。きみが戻っても忘れる、っていうのはもう理解できてるでしょ？　わたしは違う。頭に栓があるからね」

馬鹿にした口調に佳祐は怒りを募らせたが、いつのまにか坂道のことを忘れていたのは事実だ。もう一度タイムスリップしたとしても、失敗を繰り返すだけかもしれないことを否定できない。

「栓ってなんだ」

佳祐は訊いた。ヒカリは答えた。

「偶然の産物よ。求めて得られるものじゃない」

彼女が初めてあの坂を利用したとき、自転車で派手に転んで頭を強打した。その結果、頭の中に血のコブができた。どうやらそのおかげで記憶の流出も防げているらしいと。

「時間ってね、頑固なんだよ。未来の記憶が過去に紛れ込んできたら消し去ろうとするし、起こることは起こるようにできてる。これはもう実験済みでね、あの坂の秘密を別の人間に教えて、そいつに時間を巻き戻させてみるんだけど、みんな忘れるし、馬鹿みたいに前とおなじ振る舞いしかしない。時間を川の流れに喩えるなら、人の運命は大型客船みたいなものだね。小手先での方向転換なんか無理。どうしても変えたいなら、すごく前の段階からテコ入れするか、川そのものを大きく変えるかのどっちかじゃないと。あとね、ここでいがみあってる暇もないよ」

ヒカリの言葉に、佳祐は厳しい視線を向けた。

「急いで助けに行かないと」

他人(ひと)ごとめいた物言いだった。

「あんたが勝手にあがりこんでくるから」

「開けてくれたのきみだし、わたしのこと好きなんでしょ」

ヒカリは、割れたCDを顎で指した。

「ついでに、もひとつ無料レッスン。戻れる時間はどうやって決まるでしょうか。正解は、あの坂を下りる距離と、あとスピード。速く、長く、下へ進めば進むほど、より昔に戻れる。わかる？　あそこで走った距離が、遡る時間の長さと比例するわけ。一方で、過去はどんどん過去になっていってる。ほら、急がないとまずいって気になってきた？」

不信と憤(いきどお)りを抱えたまま、佳祐はヒカリに従った。

今度も自分の自転車を使うつもりだったが、ヒカリは「もっといいのあるから」と、佳祐をタクシーに乗せた。

車中で説明が続いた。

仮にヒカリがビートルを運転していなかったとしても、別のルートで藍子は命を落とすはずだ。「もっと大きな変化を与えないと」と、ヒカリは涼しげに告げた。「だから、わたしが奥さんに電話してあげる。一応、有名人だからね。わたしのやり方なら、確実に一週間は戻せるはずだから、奥さんに指名の仕事でも依頼して、事故の日までの予定を狂わせてあげるよ。わたしから連絡来るだけでも、奥さんにとっては予想外の出来事だから、きみの説得や努力なんかより効果あるね」

自信たっぷりに、ヒカリは断言した。

タクシーの後部座席は、ビニールのシートカバーが虫取りの罠みたいにべたついて、捕獲されたような気分が佳祐の中で強まっていった。

隣に座ったヒカリは藍子の携帯の番号を、ぶつぶつと暗唱していた。

過去にはなにも持っていけない。だから、記憶に縋るしかないのだという。

佳祐は、ただ座っているしかなく、ペンギンのマグネットをポケットの中で握りしめた。

夜の環状線を窓から眺めていると、対向車線でUターンを試みるワゴンが目に入った。その光景から、ひとつの可能性が佳祐の脳裏に浮かびあがった。

なあ、とヒカリに声をかけた。

「あんたが戻ったとして、それってパラレルワールドじゃないよな？　あんただけ消えて、俺はこのままこの流れから逃れられないとか」

彼女は忙しなく指先を動かし、宙に数字を描きながら答えた。

「大丈夫。みんないっしょに戻るから。きみだってデジャヴったことあるでしょ？」

気づかないうちに、誰もがタイムスリップしている。

それがヒカリの説く「時間の在り方」だった。

想像すると、胸の奥深い箇所がぎゅっと固くなった。

「じゃあ、みんな知らないうちにやりなおせてるってことか？」

ヒカリは、助手席のヘッドレストから視線をはずさずに答えた。

「やりなおせてはいない。気づかなければ何回だって同じ振る舞いしかしないんだって。馬鹿だよね。時間だけじゃない。人間も相当頑固だよ」

自嘲を匂わせる笑いを挟んで彼女は断言した。

環状線からはずれたタクシーは二車線の左側を走った。換気扇からもうもうと湯気を吐くラーメン屋の前で、ヒカリは運転手に停まるよう伝えた。例の坂まではまだすこしあると意見する佳祐を、手で追い払うしぐさで黙らせ、万札を運転手に渡した。

ラーメン屋の三軒隣、ショーウインドーに競技用の自転車をぶらさげた自転車専門店にヒカリは入っていき、ずらりと陳列（ちんれつ）された中から迷わず一台を指して、「これもらう」と店員に言った。

ツナギを着た坊主頭の店員は催眠術（さいみんじゅつ）から解けたばかりのように、口を開け目をぱちくりさせた。それからツナギの側面で手を拭き、握手を求めた。ヒカリは応じた。

買ったのは、後部が荷台になった二〇インチの三輪車だった。フレームは灰色で、ハンドル前のカゴは黒。故郷の農道で昔々に見た覚えがあったが、そんなものが東京の一隅（いちぐう）でなにくわぬ顔で売られているのが、佳祐には信じがたかった。

配送について説明する店員を遮（さえぎ）って、ヒカリは「乗って帰るから」と告げた。あらゆる手順を頭に叩き込んでいるふうで、これも経験済みなのかという疑問が佳祐の頭に浮かんだ。そこへ、義母から電話がかかってきて、佳祐はひとり、店の外へ出た。

開口一番、「死ぬつもりじゃないでしょうね」と義母は迫ってきた。

一度自宅に帰って着替えを済ませたのち、マンションに戻ってきたが佳祐の姿はなく、床に割れたCDを見つけたので、慌てて電話をかけてきたのだと、まくしたてられた。「友人が訪ねてきてくれたから、お茶を飲みに出てるんです」と佳祐は釈明（しゃくめい）した。

義母は泣いていた。こちらで持っているスマホまで水浸し（みずびた）しになりそうなほど、あられもなく泣いていた。

三輪車を押して出てくるヒカリの姿が見えた。

「すみません、もう、行かないと」

そう告げて電話を切った。

先に歩き出していたヒカリのうしろを、歩幅を小さくとりながら佳祐もついていった。

細道に入ると、街灯の数が減った。大通りから一本入った道だったが、やけに暗く、寒かった。車の走る音がひっきりなしに聞こえてこなければ、都心とは思えなかったに違いない。

ポケットでスマホが震えるので、電源を落とした。

やがて道になだらかな傾斜がついてきて、車の走行音も遠ざかっていった。

前を行くヒカリは、左足を引きずっていた。

大股に歩いて彼女の横に並んだ佳祐は、大人用三輪車のハンドルに、無言で手をのばした。ヒカリも無言で引き下がった。礼の一つも言わないミュージシャンに佳祐は訊いた。

「足、一昨日の事故で？」

「違うよ。知らないの？　ファンなのに？」

「いまは違う」

妻も足に怪我の後遺症があったこと、陸上部で高跳びの選手だったが、負傷が原因で引退を余儀なくされ、その経験から、飛ばない鳥であるペンギンを自分に重ねていたことを、佳祐はぽつり、ぽつりと語った。

「さっきのペンギンか」とヒカリは言って、目線を空にあげた。「わたしの怪我は、昔の車の事故ってことになってるけどね、車は車でも自転車でさ」

「自転車？」

「そう。いつだったかのタイムスリップを試みたときに」

「頭といっしょに？」

「いや、それとは別だね」

道が大きく右に曲がっていた。

さかさま坂の入口だった。

この人は、いったい何度、時間を戻したのかと、坂道を前に佳祐は考えた。

「距離およそ二〇〇メートル。勾配三%」

ヒカリは淡々と告げた。坂道を見上げると、右手に住宅街が広がり、左手にフェンスが張られている。私鉄の線路が、のぼるにつれ斜面に潜っていった。次第に、ヒカリの歩調が遅れていく。

(こんなんで大丈夫か、マジで。ビールまで飲んで、酔ってるんじゃないのか)

そう考えたとき、佳祐にまたひとつ疑問が生まれた。

「なあ、俺が時間戻す前の、一回目の事故のとき、酔っ払ってたよな。泥酔してたって、テレビでも非難されてたけど、でもこないだは素面だったたって、おかしくないか?」

「なにが?」

息を切らし気味にヒカリは問い返した。

「俺が戻ったの、たしか、事故の三十分くらい前だった。泥酔するなら、それより前から飲んでたはずだろ?」

つまらないことに気づくものだと、嫌味を挟んでからヒカリは説明した。

「焼酎をブランデーで割ってがぶ飲みしたの、事故の直前に。あの交差点の先に行き止まりの壁があってね。そこにぶつけるつもりだったんだよ。よくない？ 愛車もろともこの世を去るポップスター。なのに、生き返らされたからさあ。おんなじことやってもまた死ねないんだって気づいたから、酒も控えて出直すことにしたんだよ。なのに、飛び出してきた猫を避けようとして結局は事故った。ほんと、時間てのは頑固だね」

佳祐は足を止めた。

「ちょっと待て。死ぬ気だった？」

ヒカリも足を止めた。

「いいや」

首を振って、また笑い、掲げた右手を顔の横でひらひらと舞わせた。

「だった、じゃない」

二階建ての家屋から漏れてくる微かな光の中、彼女の横顔を見た。尖った鼻が誇らしげに上を向く。

「最初はね、最初の最初は、バンドを延命させたかっただけなんだよ。それだけ。

そのために時間を戻した。一回だけでいいって思ったんだけど」

言葉を切って、彼女は首を横に振った。

「なのに、味をしめたんだね。記憶が残るのをいいことに、簡単にここを頼るようになった。何回も使った。そしたら、どうも脳みそは時間を戻れてないみたいでね。ほら、栓のおかげでさ。わたしの頭、百歳を超えてるよ、きっと。時間を戻れば体は若返るけど、記憶がリセットされないからね。脳に、もう、空き容量がないんだよ。だからね、どっちにしても、もうすぐ死ぬ」

なんで、という佳祐のつぶやきが聞こえなかったかのように、ヒカリは歩きだした。

住宅街をのぼりつめた先で、彼女は佳祐を振り返った。

空には細い月が浮かび、街灯を浴びたヒカリが右手を振った。

佳祐が追いつくと、彼女は両手を斜めにひろげて深呼吸した。清々（せいせい）としたその表情に、また腹が立った。

「いつだよ？　初めてあの坂使ったの、何年前だ？」

佳祐の問いに、ヒカリの顔から笑みが剝げていった。

「俺が行くよ」そう告げて佳祐は、三輪車にまたがろうとした。

ヒカリがその腕をつかみ、「奥さんのことだけにしなって」と諭した。

「欲張ると損するってのが、この世の大原則なんだから」

佳祐は反論した。

「誰がやっても、みんないっしょに過去に戻るんだろ？　なら、足だの頭だのに問題抱えてるあんたより」

苛立ちを露わに、佳祐はヒカリに詰め寄った。しかし彼女は、その場面すら経験済みだとでもいうように述べた。

「三輪車に乗った経験ある？　わたしはある。ここの記録保持者だよ？　きみに任せて、また手近な過去に戻られたりしたら目も当てられない。それに、何年も前までなんて、そうそう戻れないんだよ」

「なんで」

「一回に戻れる時間は限られる。スピードと距離、どちらにも限りがある」

「繰り返せば」

「忘れるって言ったよね？　それももう忘れた？」

「だから、忘れる前に繰り返せばいいんだろ？」握りしめたハンドルに向けて佳祐は叫んだ。「しばらくは覚えてたんだから、忘れる前にここに戻ってくる。ついでだからやってやるよ。三日しか戻れないなら、一〇〇回でも一〇〇〇回でも。そんで、あんたが坂道使うのだって止めてやるから。そしたら、その頭だってリセットされるかもしれないだろ？」

抗弁する佳祐の声は震えていた。

慈悲(じひ)すら感じさせる穏やかな声で、ヒカリは諭した。

「遠くにいるかもしれないじゃない？　覚えてるうちにここまで辿(たど)り着く保証はない。忘れる前にメモしても、記憶が消えれば、きみがそれを信じられなくなる」

「やってみないと」

「やった。もうやったよ。何度も、何度も、やりなおそうとした。その結果が今なんだ」

声を荒らげている自分に気づいたヒカリは、ごまかすように笑ってみせ、側頭部をぺちぺちと叩いてから口の両端をさらに吊(つ)り上げた。

「大丈夫。名曲たちは遺(のこ)したげるから」

「ふざけんな」と佳祐はむくれてみせ、三輪車の空っぽのカゴに視線を落とした。

ヒカリが明るい口調で言った。

「そんなにわたしのこと好きなの」

茶化すつもりの台詞だったのだろうが、その声には、屈服を思わせる影が差していた。

「ねえ、わたしのことは抜きでいいからさ、あのバンドの再結成にでも尽力してよ」

その言葉を聞いて、佳祐はヒカリを睨んだ。こんな状況でどうして冗談を口にできるのかわからなかったが、ヒカリを見て、合点がいった。

自分のことに、すっかり望みを絶っているせいだ。

ヒカリは佳祐の手を取り、ハンドルから離させた。風に吹かれるビニール袋さながらに、佳祐の手は簡単に宙に浮いた。されるがまま、三輪車から降りた。

「わたしのいちばんの失敗はね、過去に戻れば運命を変えられるって勘違いしたこと。わかる？　結局、今しかないんだよ。ああ、やだな、そんな歌もあったよね？ああ、くそ。自分でも書いてたくせに、ほんとに、なんにもわかってなかった」

おきまりの皮肉をにじませ、ヒカリは三輪車にまたがろうとした。

彼女の両肩を佳祐が力いっぱいにつかんだ。虚をつかれたヒカリは路上に転倒し、短い呻きを漏らした。

自分だって自殺を考えていたのに、生きることを諦めているヒカリを佳祐は許せなかった。ファブヒューマンの曲を、ヒカリの歌詞を、自分の愛したものたちを否定する言動にも、頭にきていた。

佳祐は三輪車に飛び乗り、間髪をいれず両足で地面を蹴った。

後ろ向きに走りだした三輪車の上で、一瞬だけ、下り坂を振り返る。人の姿はない。

前を見ると、ヒカリが路上に横たわったまま唖然としていた。

佳祐は右足で地面をもう一蹴りした。

三輪車は転倒のおそれもなく、ぎゅいぎゅいと軽快な音を立て逆走していく。

両足をまっすぐ前へと伸ばすと、オレンジ色のスニーカーが目に映って、佳祐を勇気づけた。

うしろのドアをくぐって　うしろのドアをくぐって
またきみに会いにいく　またきみに会いにいく

懐かしい歌を思い出しながら、速度を増していく三輪車のハンドルを佳祐はいっそう強く握りしめ、さらに数回、地面を蹴った。

ヒカリの表情は、もう見えない。

目を閉じて、風の抵抗を減らすため、体を前にぐっと倒した。

車体が激しく揺れて、尻がサドルから浮いたが、ハンドルを離すことだけはしなかった。

やってやるよ。

佳祐は思った。強く、思った。

あんたのせいだ。

菅野ヒカリ。

あんたの言葉が、俺に諦めさせてくれないんだ。

腹が痙攣(けいれん)するみたいに、笑いがこみあげてきた。

「漢字は?」

目の前に菅野ヒカリがいるという事実すらうまく呑み込めずにいるのに、突然の問いかけに佳祐は余計に戸惑った。ヒカリは質問を重ねた。

「名前、漢字でどう書くか聞いてなかった」

佳祐は高校の生徒手帳を取り出して、長机の上に置いた。

苛立たしいほど、暑い日だった。

額や首にしたたってくる汗をスポーツタオルで拭いながら、十七歳の佳祐は自分の名前がＣＤの盤面に書かれていく様子を見守っていた。

ヒカリは最後にペンギンの絵を描き足してから、ケースを閉じた。それから「ありがとう」と言って、手をのばしてきた。佳祐はスポーツタオルで掌の汗を拭ってから、握手に応じた。

「こんどは割らないでよ」

そう告げて、彼女は手を離した。佳祐は耳を疑った。しかし確かに、「こんどは割らないでよ」と言われた。なぜそんなことを言うのか、確かめる間もなく、スタッフのひとりに背中を押されて佳祐はステージを降りた。ヒカリは次のファンの相手に移っていた。

自宅に戻った佳祐は、ノートに書いた小説を読み返した。数日前、昼寝から覚めたあとで衝動的に書いた作品だった。

小説とは名ばかりで、思いつきを書き連ねただけの文章だった。

それは、憧れのミュージシャンとのタイムスリップを巡る物語で、どこからそんな着想を得たのか、自分でも思い出せなかったが、猛然と書き上げた。作中で、主人公はファブヒューマンのアルバムを、まっぷたつに割っていた。

「こんどは割らないでよ」というヒカリの言葉を思い出し、もどかしさが募った。なにか大切なことを忘れている気がしてならなかったが、佳祐の記憶に「さかさま坂」をめぐる出来事が蘇ることはなかった。

菅野ヒカリが急逝したのは、それから三ヶ月後のことだ。死因は脳腫瘍と発表された。

用意されていた新曲が遺作であると同時にファブヒューマンのラストシングルとなり、そのジャケットの中でヒカリは、ペンギンの着ぐるみに身を包んでいた。ファンクラブの会員にあてた最後の便りには、感謝の気持ちとして、プラスチック製の栞が同封されていた。栞には、ペンギン氏という名のキャラクターが描かれていた。

会社員として働くかたわら、売れない兼業作家として陰気な小説をぽつぽつと発表していた佳祐の、初めての単行本の装丁を手掛けたのが、グラフィックデザイナ

ーの藍子だった。

出版社で打ち合わせした際、メモの端に藍子が描いたペンギンの絵を見て、菅野ヒカリに会ったことがあるのかと佳祐は尋ねた。しかし藍子は、ヒカリを名前くらいしか知らず、ファブヒューマンの曲もよく知らないと答えた。

「菅野ヒカリが最後のインタビューで語ってるんですけど、このペンギン氏は、アイコって名前の女の子に教えてもらったんだって。だから、もしかしてと思って」

偶然ですね、と彼女は微笑んだ。高跳びで挫折し、ペンギンのキャラクターを誕生させたという経緯を聞かせてもらった佳祐は、藍子の人柄にも魅力を感じ、本の刊行の打ち上げと称して食事に誘った。

やがてふたりは結婚し、いくつかの災厄に見舞われはしたものの、自転車で坂を逆走してくだるような曲芸に挑むことはなく、「陽気な老夫婦になる」という冗談が冗談ではなくなる年齢へ、着実に前進していった。

CDプレイヤーは時代遅れの代物となり家電店からも姿を消したが、佳祐はサイン入りのアルバムを大切に保管して、ときおり、ケースから取り出しては眺めた。その都度、きまってイメージするのは、歳を重ねた菅野ヒカリの姿で、若くしてこの世を去った人物のはずなのに、愛（いと）おしくなるほどありありと思い描くことができた。

バオバブの夜

「名前を、もらってくれませんか」

その人は言った。

あなたに女の子が生まれるなら、この名をつけてもらえないかと。

丸山拓海（たくみ）がその病院を訪れるのは二度目だったが、一度目の記憶は無かった。
一度目は二十七年前。地元に古くからあるその産院で、彼自身が生まれたときのことだ。記憶が無いのも当然で、近くを通るたびに兄たちから「おまえはここで生まれた」と教えられなければ、自分と縁のある施設、という認識さえ根付かなかっただろう。
実家のアルバムにも産院で撮られた写真が収められていて、兄たちが生まれたての弟を「なんだこいつ」といぶかしげに覗（のぞ）き込む一枚には、双子（ふたご）の兄とその弟のぎくしゃくとした関係性が、もう表れていた。
父の跡を継ぐように揃（そろ）って自衛官となった双子の兄たちは、東京でフリーの編集者として働く弟の生き方に、いつも眉（まゆ）をひそめている。

就職難の時代に中堅の出版社に就職しながら、わずか二年半で独立を決めたことも、兄たちの不興を増す一因となった。収入が安定しないうちに同棲相手を妊娠させ、慌ただしく結婚した件に至っては、「人生を台無しにしかねない汚点」と酷評された。

「おまえだけじゃない、沙奈さんと、生まれてくる子と、三人分の人生をだぞ」

兄たちが、早くに亡くなった父親代わりを気取るのは、いまに始まったことではない。肉親であっても距離は保ってほしい、というのが拓海の本心だった。

同郷の妻から「九州で里帰り出産する」と告げられたときも、拓海の頭に真っ先に浮かんだのは日本地図で、転勤が多い兄たちの現在地を赤ペンで囲むように思い出した。

長男の空也は北海道に、次男の陸男は東北に赴任しているはずだが、初めての甥っ子が生まれたと聞いたら、呼んでもないのに九州へ飛んできて赤ん坊の品評会を始めかねない。

妊娠を伝えるやいなや、母を経由して「出産費用は足りるのか」「学資保険だって払えないんじゃないか」などの言葉を撃ちこんできたほどだ。母の見立てによれば、「結婚はしたものの、子宝に縁遠い兄ちゃんたちは嫉妬してるのよ」ということだった。

「なにせ初めて弟に追い越されるんだから」

しかし拓海に、そんな優越感を味わう余裕はなかった。兄たちのおせっかいを無慈悲な爆撃とまで感じるのは、兄たちの指摘どおり、自分の人生が計画も安定も欠いている自覚があるせいだ。

経済的な安定をつかむまでもうちょっと待ってくれないかと思ってみても、胎児は順調に成長していく。親の都合など考慮されるはずもなく、生まれてくる子が娘であることが判明すると、いよいよ追い詰められた気がした。

予定日は九月二十日で、妻の沙奈は七月のうちに実家へ帰った。

拓海はひさしぶりの一人暮らしに四苦八苦しながら、「名前を考えておく」という沙奈からの宿題にも頭を悩ませていた。

学生時代、小金を稼ぐためにいろんなバイトに手を染めた中に、チェーンメールの文章を何百本と用意する、というものもあった。それぞれの文章に差出人の名前をつけていくのだが、その作業に苦心したことはなく、知り合いや芸能人の名を適当にアレンジして使った。数百人にものぼる人物を創造した拓海は、それをまるで神の所業だと感じ、酔った勢いで「神様」名義のチェーンメールをしたため、ネット上に放流したこともある。

神です。
先日、魔法の言葉を落としてしまいました。
見かけたり、拾ったりしていませんか？
苦しいときに唱えれば、あなたもきっと救われる言葉です。
考えてみてください。
そして思い出したら、このアドレスに返信を。

娘の命名という課題と向き合う今、拓海の心にその文章が蘇ってきた。

魔法の言葉なんかより、娘の名前を教えてくれませんかね、神様。

と、天に送信するつもりで空を仰ぎ見たが、返信が来るわけもなかった。
仕事で名刺交換するたびに、相手の姓より名に意識が向いた。
目をかけている駆け出しの小説家が、夭折の天才ミュージシャンをモデルにした作品を構想しているというので、行きつけのバーでその資料に目を通していたが、気がつくと娘の名前に「ヒカリ」はどうだろう、などと検討していた。

「なに読んでるんですか」と隣に座った常連の女性に訊かれた。彼女の名前は「かおる」だった。まるやまかおる、と、穴埋め問題みたいに彼女の名前をあてこみながら、拓海は資料について説明した。

「あ、このペンギンの絵、かわいいですね」

「これね、天才が最後に遺したレアキャラで、ペンギン氏っていうんだけど」

語りながら、丸山ペンギン、という名前を思いつき、拓海はひとりで笑った。

仕事の状況にもよりけりだが、陣痛の報せが来たらすぐ飛行機に乗るつもりだった。ネット環境さえ整えば、二、三日東京を離れても仕事はなんとでもできる。いつでも飛べるよう、三日分の着替えをリュックに詰め込んだのは、九月の十五日だった。

いよいよという気持ちで拓海は予定日を迎えたが、沙奈からは「まだ兆候らしいものはない」と報告を受け、一日が過ぎ、二日が過ぎた。

九月二十三日の夕方に沙奈から電話がかかってきたときには、通話ボタンを押す前に深呼吸した。これから空港へ向かって最終便に間に合うか計算しながら、通話ボタンを押して「もしもし」と告げると、あちらは開口一番「まだだよ」と伝えてきた。

焼肉を食べたら産気づく、というジンクスを友人から聞いたので、これから両親と焼肉屋に出かける、そこに拓海の母も誘っていいかという相談だった。電話を切って、この調子だとまだ数日は先だな。そう思って拓海は明け方まで仕事に没頭した。

しかしジンクスは見事に機能し、翌朝「おしるし」が出て、沙奈は病院へ向かった。

連絡をもらった拓海も、午前中に仕事を整理して空港に急いだ。

九州地方に台風が接近していて、出発できても目的地へ着陸する保証はないと告げられたものの、乗るしかなかった。

台風はまだ遠くにあるというのに、客室乗務員も顔をしかめるほど、飛行機は揺れた。気を紛らすために、拓海は宿題に意識を集中させた。考えると約束したのに、いまだ候補すら絞れていない我が子の名前。

せめて沙奈もいっしょに考えてくれたなら。

そう思いもするが、妻が「名付け」という行為を苦手としていることも、充分に理解していた。

妻の旧姓は八木で、小学校の低学年時代に「メーメーやぎさん」と冷やかされたことがあるという。拓海もその合唱の輪に加わっていたらしいが、そんな記憶は、彼の頭からきれいに消えていた。

小学校で二度、中学校で一度、沙奈と同じクラスになったが、女として意識したおぼえもなく、彼女が女子高に進んだことさえ拓海は知らなかった。

大学進学で上京した拓海は、一人暮らしとともにコンビニでのアルバイトを始めた。同じ店で同じ時期にアルバイトとして採用されたのが、沙奈だった。

初めて同じシフトに入ったとき、互いに自己紹介した。

八木、という姓を聞いても何も思い出さなかった拓海に、沙奈は腹を立てた。同級生なのに忘れたのかとバックヤードで迫られ、記憶の棚をひっくりかえしてようやく思い出せたのは、彼女が水泳部員だったこと。当時の沙奈は全身が丸みを帯びて、いつも日焼けしていた印象があり、クラス対抗の水泳大会で圧倒的な活躍を見せていたことも思い出した。

徐々に記憶が蘇ってきたものの、再会した彼女はどうにも別人で、皮膚を五、六枚は脱いだようにほっそりとして、色も漂白剤を飲み続けたみたいに白くなっていた。耳も額も露わなショートの髪も、むしろ彼女の過去を覆い隠しており、髪、もっと長かったよね、と訊くと彼女はまたむくれた。手に負えない癖っ毛を、上京に乗じてばっさり切ったのだと言われ、なぜそれで怒るのかが拓海には今ひとつわからなかった。

バイト終わりに近くのコーヒーショップに入って、思い出話と旧友たちの現状についての情報交換を楽しんだ。

それからというもの、シフトが重なるたび、おしゃべりに興じた。

名前のことで冷やかされたのに忘れるとかひどい、と、あるとき沙奈は冗談まじりに責めた。

「ほんと、いじめた側はすぐ忘れるんだから」と、ふくれっ面までつくられた。

以来、沙奈を見るたび、かつて自分がいじめた子、という認識がついてまわるようになり、拓海の中に芽生えた反省とも愛しさともつかない感情が、やがて恋心に変わっていった。

バイト仲間もまじえて何度か遊びに行った。夜を越えていっしょにいても、笑いが尽きることはなかった。

夏休みには地元でばったり会って、近所の公園でアイスを食べた。

そこで、つきあってほしいと拓海から口にした。

「もう名前のことで馬鹿にしない？」

彼女の問いに、拓海は右手をあげ「誓って」と述べた。

沙奈、と彼女を初めて下の名前で呼んだ。

不思議だよね、と公園を見渡しながら彼女は言った。

「ずっと昔から知ってるのに、ぜんぜんちがって見える」

ブランコに女の子が座り、男の子が背中を押してあげていた。沙奈とそんなふうに遊んだ経験はないはずだが、あの子たちもいつか自分たちと同じような関係になるんだろうかと、拓海は想像した。

「ぜんぶ、最初からここにあったみたいじゃない？」

そう言って彼女は笑った。

「ほんと」と拓海も同意した。

その瞬間、自分がもう七十とか八十で、人生も終わり近くにさしかかり、生涯をともにした沙奈とふたり、幸せを嚙(か)みしめる場面にいる気がした。

いつか、そんな日が本当に来るのだろう。ここか、それとも別の公園か、よく似た景色を前に、今日のこの時間のことが蘇ってきて、そのときにはまるで自分たちが大学生であるかのように感じるのだろう。

その予感は、既に通過済みの記憶さながらに、確かな実感を伴っていた。

ここからすべてがうまく運ぶのだと、拓海は確信した。

しかし、現実は滑らかには進んでくれず、大学在学中にふたりは二度、別れた。

一度目は、ほんの数時間の喧嘩別れだった。

二度目の別れのあとで、沙奈は拓海からもらったものをすべて捨てた。部屋に置いてあった彼の衣類や本も捨てた。拓海の携帯番号もメアドも削除し、写真データも一括消去した。

共通の友人からその徹底ぶりを聞いた拓海も、同じようにやってやると決意したが、すぐに面倒になってやめた。

別れのきっかけは、拓海に言わせれば、些細なことだった。

沙奈と同じ名前の女優が麻薬所持で逮捕された。ニュースを見ながら拓海が、「ここにも警察が来たりして」と茶化した。それを聞いた沙奈が激怒した。冗談だと言い繕っても、決して許そうとしなかった。

ほとぼりが冷めるのを待ってもう一度謝ろうかと考えているところに、沙奈が拓海の痕跡を完全に消そうとしているとの情報がもたらされ、もう終わったのだと覚悟した。

男兄弟の最下層で育った拓海にとって、日常会話における冗談は、いかに悪辣でデリカシーを欠いていても、聞き流されるべきものだった。気に入らなければ異議申立ては可能だが、関係を断ち切るほどの大罪になるはずのない行為だった。

二度目の別れから半年が過ぎた夏のこと、父の墓参りのため地元に帰った拓海は、沙奈に告白した公園を通りかかり、引っ張られるようにベンチに座った。

「ぜんぶ、最初からここにあったみたいじゃない？」

沙奈の言葉が蘇り、彼女の名前が口をついて出た。いくつもの場面が同時に脳裏に再生された。「さな」というたったふたつの音の組み合わせがいくつもの記憶と響きあい、映像や音だけでなく、匂いや、空気や、自分の鼓動まで蘇らせた。

本当に幸せな瞬間というのは、少しも色褪せることなく未来に蘇るものなのだと、拓海は思い知った。それを断ち切るなど、絶対にしたくなかった。

東京へ戻ると、彼女の部屋へ直行した。

無事によりを戻したあとで聞かされたのは、自分の失態だった。

茶化されたことではなく、約束を破られたことが、どうしても許せなかったのだと。

「約束？」

「名前のことで馬鹿にしないって」

誓いは忘れていなかったが、それは「八木」という姓に限定されたもので、下の名前にも適用されるのだと、そこで初めて理解し、拓海はあらためて誓いの言葉を述べた。二度と、こんどこそ、名前のことをからかったりしない、と。

互いに大学を卒業し、東京で仕事に就いて忙しくしている中で、沙奈が妊娠した。友人たちを招いてパーティを開き、互いの親だけを東京に呼んで、教会で式を挙げた。

女の子とどう接すればいいのか想像もできないので、最初の子どもは男がいいなと拓海は言ったが、エコーでの診察後、女と判定された。

「名前、考えてね」と沙奈は実家へ帰る前に告げた。

「わたし、無理だから」

「無理って。いっしょに考えればいいじゃん」

「怖いし」

「なにが？」

「名前つけるのが。一生縛られるものだし、親としての願いを込めるみたいなのも、なんか、エゴとか理想とかを押し付けるみたいじゃない」

彼女の怯え方が滑稽に映り、思わず拓海は笑いそうになったが、誓いのことを思い出して、笑いを押し返した。

「そうかな？」とフラットな口調で問い返すと、沙奈はこう言った。

「拓海のお兄さんたちだって」

三兄弟の名前は上から「空也」「陸男」「拓海」で、自衛官だった父がつけた。悪い冗談みたいだが、双子の兄はそれを誇りにしていたし、俺たちは自衛官になる運命なのだとまで言ってのけた。

「その点、俺は例外だし、名前に縛られないってことの証拠にならないかな」

「無意識に抵抗して自衛隊に入らなかったんなら、逆の意味で縛られてるってことになる」

兄たちが足並みそろえて自衛隊に進んでいく背中を見ながら、俺は絶対にイヤだと決心したことを拓海は思い出した。

「そう言われちゃうとな」

「それに、この子のためにもよさそうじゃない？」言いながら沙奈は腹部に手をあてた。「体は母親が、名前は父親が、産んであげるの」

おだやかに告げる沙奈と対照的に、拓海はたじろいだ。

まだ「父親」という自覚が希薄だったが、沙奈は、すっかり母親だった。

「拓海は言葉を扱う職業なんだから、名前つけるのだって、わたしより慣れてるでしょ」

「ハードルあげるなあ。じゃ、いくつか候補出すから、協議くらいしよう」

約束はしたものの、結局、これといった案の出てこないうちに陣痛が始まった。待ったなしの状況だ。

揺れる飛行機でまた、あれこれ案をひねる。機内誌を開いて、心に引っかかった文字を拾い、もっともらしい解釈をくっつけてみるが、どれもしっくりこない。沙奈の言葉が、今では拓海にも呪いとして働きかけていた。

「一生縛られる」

沙奈は自分の名の音は好きだが、「少」の字が潜んでいることを好ましく思えないとこぼしていた。画数で決めた文字らしいが、「不足した人間」の烙印を押されてるようでイヤだ、と。

拓海の父も、末継という自分の名を毛嫌いしていたと、母から聞いたことがあった。拓海もまた、空、陸に続く名前と言われたら安易に思えて、昔は自分の名を毛嫌いしていた。

つまるところ、どんな名前でも影はつきまとうものなのだ。

そう割り切れよ、と自らを説得してみても、沙奈が妥協(だきょう)を許さない気もした。

書店で立ち読みした命名本の帯には、こう書かれていた。

子どもの名前は、あなたが人生でいちばん多く口にする名前です。

まるで脅迫(きょうはく)だ。

げんなりしつつも、カンニングする気分でページを開いた。

命名本に紹介された突拍子(とっぴょうし)もない名前の数々も、最初はどこかで馬鹿にしていたのに、次第に羨(うらや)ましく感じるようになった。奇異に見える名前でも堂々と人前に立って、スポーツ、音楽、政治、それぞれの第一線で活躍している人物もいる。揶揄(やゆ)されるのも最初だけで、たとえば本名が桃太郎というレスラーがいれば、彼の戦績次第でその名は輝きを獲得するだろう。

名前が人を縛るのではない。本人次第で黄金の看板にもなるのだ。

悟(さと)ったふうなことを思うと、ならば、どんな名前でもいいじゃないかという思いが、意識の裏側から転がり出てくる。

客室乗務員に名前を尋(たず)ねて、それに決めてしまおうか。しかしそれではただのナンパになりはしないか。

考えるほど、決め手は逃げていった。

台風のスピードが落ちているらしく、飛行機は無事に着陸した。

空港からリムジンバスで市街地まで移動し、そこからタクシーで病院へ急いだ。

夜になろうとしていたが、まだ生まれたという報告は来ていなかった。

病院で沙奈の両親が迎えてくれた。拓海の母もさっきまでいたのだけれど、と説明を受けながら個室に案内され、沙奈と二ヶ月ぶりの再会を果たした。彼女は自室と変わらぬ様子で文庫本を読んでいる最中だった。

「順調？」と尋ねる拓海に、沙奈は「うん」と生返事を寄越した。

午後十時にやってきた助産師が、この様子だと朝までかかるかもしれないと告げた。沙奈は本を脇に置いて、「ダメ、ぜんぜん頭に入らない」と小さく嘆いた。

朝から病院に詰めていた沙奈の両親も一度帰宅し、連絡がなければまた翌朝に戻ってくることになった。

個室でふたりきりになった沙奈と拓海は、嵐の音を聞くともなく聞きながら娘の来訪を待ちわびていた。名前の件は、どちらの口からも出なかった。

深夜へ近づくにつれ陣痛の間隔が狭まっていき、零時を過ぎたころ、分娩室のあるフロアへ移動するよう、助産師に指示された。車椅子に沙奈を座らせてエレベーターに乗り込んだとき、いよいよだ、と拓海は肩をこわばらせた。

しかし、それからがまた長かった。

分娩を待つための控室はほかの妊婦たちで埋まっていたので、同じフロアの職員用仮眠室で待機することになった。

小ぶりの洗面台と、うしろ向きに入らなければ座ることもままならないほど狭いトイレ、それに簡易ベッドがひとつあるだけの部屋だった。強風が窓を震わせ、ガラスを打つ音で雨の勢いも想像がついた。飛行機に乗っているみたいだと、拓海は窮屈な仮眠室を見渡した。

十五分から二十分ほどに一度、沙奈は声を押し殺して苦しんだ。つわりもほとんどなく、初産でもあっさりいけるんじゃないかな、と笑っていた妻を思い出しながら、拓海はあれも呪文だったのかと考えた。苦しい出産にならないよう外堀を埋めるつもりで、沙奈は自分に「大丈夫、大丈夫」と言い聞かせていたのかもしれない。

言葉にならない呻きとともに、沙奈がベッドのシーツをきつく握りしめる。拓海はおそるおそる妻の肩に手をのばすが、触れるか触れないかのところで逡巡してしまう。大丈夫だよ、という台詞も無責任すぎると考えなおして、唾といっしょに飲みこんだ。

年嵩の助産師がやってきて、背中をさすってあげなさいと拓海を叱った。

「陣痛の痛みを散らしてあげるの」と手本を見せられた。

次に沙奈が苦しみだしたとき、拓海は教わったばかりの方法を真似てみた。ベッドで右肩を下に横たわった沙奈の背中に両手をあてて力を込め、上から下へじっくりと移動させる。背中に張りついている痛みを引き剝がしてやるように、手のひらの全面をきつく押し当てたまま、腰のあたりまで下ろしていく。

見よう見まねだが、すこしは楽なのか尋ねると、彼女はあえぐような呼吸とともにうなずいた。三度、背中をさすってやったあとで、沙奈は意識を途切れさすように眠りに落ちた。ほんの一分かそこらの運動だったのに、拓海もぐったり疲れてベッドから降り、パイプ椅子ではなく、床にへたりこんだ。

沙奈の悲鳴で目を覚ました。

慌てて背中をさすった。

何度やったか、数える気にもなれず、沙奈が眠りに戻ると拓海もまた床に寝た。腕と肩が、じんわりと熱を帯びて痛い。

フリーランスは身体も商売道具だと考え、定期的な運動を欠かさなくなったし、体力だって兄たちに遜色ないなどと思っていた自分が懐かしかった。

陣痛を散らすという運動は、きっと特殊な筋肉を使うのだろう。だからこんな得体のしれない疲れに見舞われる。そしておそらく陣痛は、その何百倍も辛いもので……。

沙奈が悲鳴をあげた。

見ると、上半身を起こして、縋るように両手と額を壁に押しあてていた。

拓海もベッドに這い上がり、呻く彼女の背中をさすった。

家で待つのも落ち着かないからと義母が戻ってきたのは、深夜三時を過ぎたころだった。

「台風だし、よしておけと止める夫を無視してタクシー走らせてきたの」と興奮した様子で、義母は拓海の肩を叩いた。缶コーヒーを渡され、拓海くんも少し休みなさいと促されたとき、沙奈がまた声をあげた。

「なにか、いやなのかねえ」

落ち着いたあとで義母が、そんな言葉を漏らした。お腹の子が出てくるのを嫌がっているのか。

そうかもしれない。

父親はフリーランスで明日をも知れず、母親は友人が起業した小さな会社で働いていたが、産休制度がなくて一時退職となり、復帰の確約もない。兄たちが言うとおり、自分たちはまだ子ども同然で、子どもが子どもを育てられるはずもないのかもしれない。

「拓海くん、ちょっと、外の空気でも吸ってきなさい」

義母の勧めに従って、拓海は仮眠室を出た。廊下の奥に、女性が担架で分娩室へ運ばれる様子が見えた。もうすぐ父親になるのだろう男性が、そのあとを追いかけていった。

拓海はエレベーターに乗って一階へ下り、蛍光灯がひとつだけ消し忘れのように灯る、暗い受付の前を通って外に出た。強風と横殴りの雨で、とても外にはいられないと判断して中に戻り、受付前のソファに横になった。缶コーヒーを床に置いて目を閉じた。

夜が更けてくる前に、沙奈の様子を確認に来た助産師が言っていた。今夜はたくさん生まれるだろう、と。嵐の晩は引っ張られるのだそうだ。「気圧の関係でね」と教えてくれたが、迷信の類なのか、科学的根拠がある話なのかはわからなかった。月の満ち欠けと潮の満ち引きと女性の生理は、互いに引っ張り合う関係にあると読んだことがあったし、自分が生まれた夜も台風だったと母に聞いていた。

じゃあ、なんで出てこない？

義母の言葉が応答する。

「なにか、いやなのかねえ」

大丈夫、とは言ってやれない。妻も子も幸せにする覚悟ではいるが、具体的な計画も勝算もない。我が子にどんなふうに育ってほしいのかすら、わからない。元気で、フツーに育ってくれたら、それでいい。フツ子、という名を思いついて自分の頰を叩く。

そんなんだから名前ひとつ決められないんだ。

自分で自分を叱咤するが、頭を叩いたところでガラポンみたいに名前が転がり出てくるはずもなかった。

生まれてから顔を見たら、ぱっと浮かぶかもしれないじゃないか。文章を書くときも同じだ。ちゃんとあがいていれば、必要なものは必要なときに降りてくる。事前の計算ではかなわない偶然、運命としか言いようのない必然が訪れることがある。

そんな期待は詭弁だと、拓海自身がよく知っていた。捕らえる準備が万端整っていなければ、チャンスは頭上高くを通過していくだけだ。

「丸山さん！」

突然呼ばれて、分娩室へ急ぐ。

沙奈が絶叫し、足の間からつるりとした女の子が現れ、溺れかけていたのだと言わんばかりに空気を吸い込もうと必死になっている。その手には名刺が一枚握られていて、それをなんとか抜き取ろうとしたところで、目が覚めた。

ポケットから携帯を出して時刻を確かめる。

数分しか眠っていなかった。

前の晩、まだ生まれないだろうと油断して仕事にのめりこんだことを後悔しながら、トイレで顔を洗って仮眠室へ戻った。

沙奈は寝息を立てていた。たった今眠ったところだと、義母が言った。もうすこし休んでらっしゃいという気遣いに甘え、廊下のベンチに腰掛けた。まぶたが重く、目を閉じると両肩にも重みがのしかかってきた。風の轟音が聞こえるものの、耳に栓をされたようにくぐもって響くので、まだ夢の中にいる気がした。

「おつかれですね」

声をかけられ目を開けると、隣のベンチに男性が座っていた。自分よりひとまわりは上だろうか。薄目で観察しながら、拓海は、ええ、と力ない声で返した。

「初めてですか」

隣の男が拓海に質問してきた。低く、落ち着いた声だった。

「ええ。あなたは?」

「出産の日に病院へ来るのは初めてです。上の子たちのときは間に合いませんでした」

「間に合わないほうが、ラクだったんじゃないですか」

力無く笑いながら、拓海は言った。

「そんなことはないですよ、やっぱり、そばにいられるのは心強い」

男はワイシャツにネクタイをしめていて、スラックスもシワが少なく、身なりは整えているのだが、顔はさすがにくたびれた様子だった。短く刈り上げた髪にも、薄く伸ばした髭にも、白い線がまじっている。メタルフレームのメガネには、琥珀の色が薄く敷かれていた。

「名前は決めてますか」眠たげな声で拓海は訊いた。

「いえ、まだ」と相手は返した。

「僕もです。どうつければいいか、わからなくて」

「難題です」

男は前を向いたまま、深くうなずいた。言葉と裏腹に、その姿勢には、出産や育児の経験を持つ男の余裕がにじんでいた。

「ほんとに。いろいろ名づけの本とか見たりしたんだけど、あんまり多すぎて」

声を出しているあいだは眠気を遠ざけていられるので、拓海は言葉を重ねた。画数からの検討、著名人からの拝借、あるいは好きだった漫画の登場人物名。いいなと感じるものはあっても、直感は、そこから先に進んでくれない。

「いっそ、誰かに決めてもらったほうがいいんじゃないかって思えてきます。友人にそういうのがいて、占い師に決めてもらったって男が。絶対に親が考えなくちゃいけないってわけでもないのかなって思えてきます。なにか、ありませんか」

「男の子ですか」男は、拓海を一瞥しながら訊いた。

「いえ、女の子です」

「うちは、また男です。今度は娘かと思ったんです、上ふたりが男だったもので。

だから、女の子のための名前は以前から決めていたんですが」

「僕は男の子がいいかなって思ってたんですけどね」

拓海は壁に後頭部をもたれさせて天井を見た。どこから来たのかわからない微笑みが、顔ににじむのを感じた。

「どちらでも、生まれてきてくれれば、それで嬉しくなるんでしょうが」と男性が言った。

「ええ、いまはもう、とにかく無事に出てきてくれたらって思います。妻もひどく苦しんでるし」

「背中をさすってあげるといいそうですよ」

「ええ、やってます。それで僕のほうが、ちょっとへばってしまって」

照れをごまかすように、拓海は両手で顔を覆った。

「おまじないは？」と男が訊いた。

「なんですか」

後頭部を壁につけたまま、拓海は両手を顔から離して、隣を見た。

「おまじない。バオバブー、バオバブーと唱えながら、さすってあげるといいそうです」

「へえ、知らなかった」

間延びした声とともに、視線を天井に戻す。

「私も妻から教えられたばかりです。バオバブという樹(き)は子孫繁栄を象徴するらしく、響きも赤ちゃんを呼んでるみたいだと」

沙奈の呻き声が廊下まではみだしてきて、拓海は会釈(えしゃく)しながら仮眠室に入った。義母に替わって背中をさすりながら、義母に聞かれるのが恥ずかしくて、声とも呼べないほどのささやきで、バオバブー、バオバブー、と口を動かした。

さっきよりも早くに、沙奈の苦痛が退(ひ)いたようだった。

義母とすこし距離を置いたところに新しいパイプ椅子を用意して、拓海は腰掛けた。雨音が派手で、座っているのに、雨の中をどこまでも沈んでいく気がした。

眠る沙奈を、義母はじっと見つめている。「頑張れ、頑張れ」とテレパシーを送っているのか、それともお腹(なか)の孫に「あまりお母さんを苦しめちゃいけない」と言い聞かせているのか。

義母の心境を推測しているうちに、拓海のまぶたが下がってきた。

午前五時。

助産師が様子を見に来て、もうすぐね、と言った。拓海は仮眠室を出て、エレベーターをまわりこんだところにある男子トイレに向かった。用を足して戻ってくると、さっきの男性がさっきと同じ場所に座っていた。

「生まれました」と彼は言った。「三男です」

「おめでとうございます。こっちも、もうすぐみたいです」

そのまま通り過ぎようとする拓海を、男は手をあげて呼び止めた。

「不躾（ぶしつけ）ながら、ひとつ、お願いがあるんですが」

「なんですか」

男はベンチから立ち上がり、胸板の厚みを誇示（こじ）するように姿勢を正して、こう言った。

「名前を、もらってくれませんか」

「え？」

「いえ、聞いていただくだけでいいんです」

戸惑(とまど)いながらも、拓海は仮眠室のドアに目をやり、まだ大丈夫だろうと判断して、男と並んでベンチに腰をおろした。

娘が生まれたら「ななみ」と名付けるつもりだったと男は語った。七つの海と書いて、ななみ。

はあ、と声を漏らす拓海を横に、男は言葉を続けた。

「上の男の子たちには、空と陸をつけたので」

その言葉を聞いたとき、疲れも眠気も、消し飛んだ。

拓海は改めて、隣の男を見た。男はまっすぐに拓海を見つめ、両手を膝(ひざ)の上で握りしめたまま、力強い口調で説明した。

「どこへでも、好きなところへ行ける人物に育ってほしいと、子どもたちには。男の子でも女の子でも、どこにも寄りかかることなく、そうあってほしいと」

「あの」

「はい」

男は規律を感じさせる明瞭な声で応じた。

父親の顔を、拓海はよく覚えていない。五歳のときに死んだ父の記憶が残っていないわけではないが、二十年以上もの時間の中で記憶は掠れてしまった。
写真だってわざわざ見返すことはなく、無精髭など見た試しがない。
仏壇の写真は亡くなる直前のもので、頼りないほど痩せている。遺影に選ばれたのは母が撮った一枚で、息子三人とともに写したものから、父だけを抜き取って作られた。もとの写真では兄たちが父を挟む格好で立ち、拓海は父の前にいた。父の両手が頭に乗せられ、拓海は杖みたいだと兄たちにからかわれた。

「女の子が、よかったんですか」

拓海の問いに、男は少しの沈黙を挟んで答えた。

「どうでしょう。覚悟を決めるために、そんなことを考えていただけかもしれません」

「覚悟？」

「ええ、自分に経験のないことが起こる、そうなったときにも、慌てずに済むよう、構えていたのかもしれません。女の子だったら、なにをすればいいのかと、そればかり考えていました。きっと苦労するぞ、と。男の子でも同じなんでしょうが。それに、苦労するのは主に母親のほうです。私は仕事で家にいない時間のほうが長いわけですし。さっき、生まれたばかりの三男に会ってきましたが」

男はちいさく首を振り、唇を噛んで、手の甲を頰にあてた。

「よかったと思いますか」と拓海は訊いた。

突っかかるような口調になってしまったが、相手は拓海の無礼を気にかけず、

「ええ」とうなずいた。

「私の妻は、若い時分に事故にあいまして、健康には特に問題はありませんが、子どもは無理かもしれないと言われていたんです。だから、最初の子を授かったときには、奇跡だと思いました、それも元気な双子で」

そうでしょう、そうでしょう、と、兄たちを思い浮かべながら、拓海は深くうなずいた。趣味欄に筋トレと書くくらいに元気な双子ですよ、と教えてやりたかった。

「しかし、人は、幸福にも不幸にも準備万端で臨むことはできません。最初の子らが生まれるとき、必死に勉強しました。必要と思われるものを買い揃えました。しかし、ほとんどが無駄になりました。無駄になるのだということを学んだので、無駄ではなかったのかもしれませんが。こんども、同じ男の子でも、また違うのでしょう。しかし、空にも陸にも無駄はありません」

そこで男は言葉を切って頰をゆるませると、ああ、と安心したふうに言って続け

た。

「そんなふうに考えたことはありませんでしたが、そんなことを、私は、子どもたちに伝えたいのかもしれません」

「どういう、ことですか」

尋ねる拓海に、男は答えた。

「自分が小さいと思ってほしくないんです。ひとりの人間は、空にも、陸にも、海にも匹敵することを、知ってほしいんです」

男は拓海を見もせず、独りの思考に深く潜っていた。

しばらくの静寂のあと、すっきりとした表情で言った。

「さっきの話は忘れてください。私が、気持ちを整理したかっただけなので、聞いていただけて助かりました」

「僕の父は」思いきって、拓海は口にした。「末継という名前でした。その名のとおり末っ子で、いつも残り物しかないのだと感じていたし、自分はどこへ行く資格もないのかもしれないと感じていたそうです。でも、むしろその呪縛をバネに、あちらこちらへ飛び回る仕事に就きました」

拓海の話に男は口を大きく開けていた。目は、笑っている。

「驚いた。私の名前も末継です」

男は声を出して笑った。

ええ、そうでしょう、お父さん。

拓海は胸の内で相槌を打った。

いったいなんなのだろう、この状況は。

拓海はあらためて、考えを巡らせた。

夢を見てるんだろうか。台風の影響かなにかで、ここの時間軸が乱れているとか。それとも、僕の乗った飛行機が実は乱気流で墜落してしまって、これは今際の際で見ているまぼろしだろうか。でも、まだ、沙奈に触れた感覚が残っている。陣痛を散らすべく背中をさすった疲れが、腕から腰にかけて間違いなく、わだかまっている。

「まったく関係ない名前をつけてみたらどうですか」拓海は提案してみた。「空に陸に海だとまるで自衛隊みたいです」

「妻もそう言ってました」

「じゃあ、方針を変えるといいですよ」

「いえ、そんな揚げ足取りに屈さない子に育てますから」

男は迷いなく言った。

目が熱くなって、拓海は口の内側を強く嚙んだ。

自分が息子であることを、一か八か、打ち明けてしまおうか。

しかし、思いきることができなかった。

信じてもらえないだろう。

たとえ信じてもらえたとしても、こんな自分を見ては落胆させるだけじゃないだろうか。ならばせめて、拓海という名前を父に伝えてみようか。名前の交換会だ。三男に「拓海」という名前はどうだろうと持ちかける。

口を開く前に助産師が廊下を小走りに進んできて、「丸山さん」と声をかけた。

拓海と隣の男がそろって反応した。助産師は拓海だけを見て「そろそろじゃないかな」と告げた。拓海が立ち上がった。釣られるように、隣の男も立ち上がった。助産師が仮眠室のドアを開けた。

歩き出す拓海に男が、「おとうさん、がんばってください」と言った。

振り返った拓海も、「ありがとう、おとうさん」と返した。

おだやかで、幸せそうな、そんな笑顔を浮かべることができる父だと、拓海はまるで知らなかった。助産師の声に急かされ、仮眠室に入った。

二十分後、沙奈は分娩室へ移動し、拓海は廊下で待つよう指示された。出産に立ち会うことになっていたが、まだもう少し時間がかかるだろうし、生まれるというそのときには呼ぶからと、緑色の手術着のようなものを渡されたので、それを着て待機した。義母は仮眠室で休んでおくと言った。全員が疲労困憊(こんぱい)だった。

廊下を見渡して父の姿を探した。いなくなってしまうと、それが本当の出来事だったのか、もうわからなかった。

分娩室へつづく自動ドアの前で、うろつくしかできずにいた。隣の分娩室から一眼(いちがん)のカメラを首にさげた男性が出てきた。大柄な男で、拓海と同じ緑の衣服を着て、あられもなく涙をこぼしていた。

「幸福にも不幸にも準備万端で臨むことはできません」

父の言葉を思い返し、そのとおりだという気がした。

どんな海に出ても道を拓(ひら)いていけるように。

それが拓海という名前の意味するところだ。

生きて、生きて、生きていけ。そう言っている。

命名本の帯にあった文句を思い出し、その言葉が伝えようとしていることを理解した。

子どもの名前は、あなたが人生でいちばん多く口にする名前です。

そうか。名前は、エールなのか。

バオバブー、バオバブー。

照れくさそうに父が教えてくれたおまじないが耳に聞こえる。

ななみ。

その名前なら自分も考えたのではないか。それともどこかで見かけたのか。自分と同じ字を使うのが娘に申し訳ない気がしたのか。でも、いい名前だ。海を拓いた先に広がる、新しい七つの海。

携帯が鳴った。ポケットから取り出すと拓海の母からだった。

「生まれた？」

突き刺すように母は質問した。

「まだだよ」

「陣痛きついんでしょう。背中、さすってやりなさいよ、あとね、おまじない、教えるの忘れてたけど、バオバブー、バオバブーって」

「言ったよ」

「教えてた？」

もどかしさに耐えられず、語気を強めて拓海は言った。

「もう分娩室入ったから」

「あら、じゃあ、いまからそっち行こうか」

「もうちょっとかかるらしいけど。てか、台風過ぎてから来なよ、危ないし」

「もう抜けたわよ」

言われて拓海は窓を探した。

分娩室の自動ドアが開いて、助産師が「お父さん！」と呼んだ。

ふりだしにすすむ

ぼくね、きみの生まれ変わり。

唐突すぎる告白に、わたしは素早くまばたきを繰り返した。

でっぷり太った老人は豊かな白髭（しろひげ）を顎（あご）にたくわえて、きっと六十は超えているんだけど、丸く膨（ふく）れあがった肩とか迫（せ）り出た腹部の雄大さには、活力が漲（みなぎ）って感じられた。

かたや、こちらは二十代最後の夏をみじめにやりすごそうと喘（あえ）ぐ女だ。「生まれ変わり」なんて言葉を持ち出されても、自分の耳か相手の頭を疑うしかなく、多少の不機嫌さをまぶして「はい？」と訊（き）き返した。なのに老人は、「他人の困惑が大好物です」的な笑（え）みを浮かべている。

頭に真っ赤なベースボールキャップと、こちらもやはり派手めな赤のTシャツ、チノのショートパンツに黒いレザーサンダルをあわせて、おしゃれはおしゃれ。巨大な水滴のごとくキャップから垂れる顔をもういちど確かめてみるけど、知り合いとかじゃなく、思い浮かぶのはただひとり、サンタクロースだ。

自宅近くのカフェでの出来事だった。

七月の第二日曜日、わたしは二階のテラス席に深く沈んで、ミュールを脱いで裸足（はだし）だった。右足の人差し指の爪がちいさく裂けはじめているのを見つけたからだ。爪を切るため帰宅すれば二度と出たくなくなりそうで、ネットで読んだ占いも、そういえば、週末の外出は控えてと訴えていた。

天気もいいし、なにしろ夏だし、部屋にこもっているなんて馬鹿馬鹿しくて、モネの『睡蓮（すいれん）』が全面にプリントされたワンピースなんか着て銀座あたりまで行ってみようと奮起したのは、わずか三十分前。

駅に着くより先に暑さに負けたわたしは、カフェに入ってアイスティーを頼んだ。一階は満席で、仕方なくテラスに出た。

帰りたくなった。メイクもやっつけ、行きたいとこもないでしょ？　所持金だってさびしいうえに、派遣の仕事はもうすぐ切られるわけで、次のアテもゼロ。恋人はよそに行ったし、三十の大台がいよいよ目前。爪も割れそう。

まったく、とことんついてない。

「りりさん」

いきなり名前を呼ばれて、振り返った先に大きな老人がほほえんでいたんだ。

「りりさん」と彼は繰り返した。くしゃっとした声に周りを見回したけど、ほかに客はいなかった。

「あの、どなたかと間違われてるんじゃないですか」

「りりさんではない?」

「ええ」

答えながらわたしは、テーブルに置いていたサングラスを取り、ゆっくり顔に持って いった。

「では、あなたのお名前は」

「あの、なんですか、勧誘かなにかですか」

「いやいや。強いて言うなら、運命かな」

「はい？　なに、ナンパ？」

「運命」

にやり、と老人は口の端を吊り上げた。

妙なのに捕まった。

ほんとに、とことんついてない。

「りりこさん。多喜田りりこさん」

フルネームを、はっきりと口にされた。

「ぼくね、きみの生まれ変わり」

すこしの間をおいてから、「はい？」と訊いた。サングラス越しの老人は薬でハイになっているのか、陽気に笑っていた。

　こちらのあからさまな警戒も気にせず無遠慮に距離を縮めてきて、いやらしさを増した笑顔は陽気を通り越し、盗撮写真の出来栄えを自慢するかのような図々しさを漂わせていた。

　ともかく、相手を刺激することなくすみやかにその場を離れるべきと考え、竦んだ足を目覚めさすべくアイスティーを勢いよく飲み干し、グラスをテーブルに戻しつつ、流れるように席を立った。

　老人は、ほんの一メートルほどの位置からじっと見ていた。その横を、彼など見えないフリで駆け抜け、店内の階段に急ぐ。壁に立てかけられた巨大な鏡の中から老人が見つめていた。

　笑ってる。

　すっごい笑ってる。

　会計を済ませて外に出て、黄泉の国から逃げる神様みたいに決して振り返ることなく大通りを渡って、地下鉄の改札にパスモを叩きつけてホームに下りていくと、停まっていた電車に駆け込んだ。

　呼吸がきれぎれになって、ふくらはぎは張り詰めるし、両足が疼いていた。冷房の風を受けて初めて、汗だくなのに気づいた。

一駅先で降りて、地上に出るときも振り返ることなく進み、タクシーを拾った。自宅ちょっと手前でタクシーを停めて、老人の姿がないか確かめてから、部屋まで一心に走った。

玄関に鍵をかけて、その場にへたりこむ。

右足の指先に血の付着。親指から中指にまで、黒ずんだ赤色は広がっている。なにか踏んだのかと最初は勘違いして、そのうち痛みが追いついてきて、割れた爪のことを思い出した。すると一気に痛みが広がっていった。

まったく、ほんとに、どこまでもついてない夏だった。

老人と再会したのは二日後の火曜日。こんどは職場に乗り込まれた。受付から内線で呼び出され、いつものバイク便だと思い込んで下りていったら、いた。

白い開襟（かいきん）シャツにグレーのパンツ、それにサスペンダー。割にきちんとした服装だけど、服装が正しいぶんだけ綿菓子（わたがし）めいた髭が悪ふざけに見えた。

「りりさーん！」

大きく陽気な声が、受付ロビーに響いた。ここを高原かなにかと勘違いしているらしい。

わたしは首から社員証をぶらさげたままで、しかも「多喜田りりこ」の呼び出しに応じて登場しているから、今度は「人違い」なんて言い逃れができない。警察呼ぶか。でもまだなにもされたわけじゃないし、会社の受付なんて半分公共の場だから不法侵入にも問えない。エレベーターホールには警備員もひとり控えてるし、まさかこの場で凶行に及んだりはしないだろう。ともかく、毅然とした対応で追い返そうと決めた。

「なんのマネですか」

近づきながら、わたしは訊いた。

「話を聞いてもらえないか」

薄めの白髪も、額にいくつか並ぶ柿渋色のシミも、一昨日には見えなかった部分で、わたしは年齢の見積もりを訂正した。七十超えてるかも。

「忙しいんです」

老人は「大切な、ことなんだよ」と迫ってきた。

灰色がかった目が真剣な光を発して、無数の糸みたいにわたしを絡めとった。粘っこい笑顔には抗しがたい力があって、それに捕まる前に踵を返してエレベーターに歩きだしたけど、老人の発した大きな声に、結局は足を止めた。

「イシカバカバ！」

短い言葉が、わたしの背中に深々と刺さった。

この老人を無視なんてできない。

そう悟ったわたしは、半ば白旗をあげる気持ちで振り返った。

老人は、口元をほころばせた。

イシカバカバ。

幼いころ、絵本に教わった呪文。

絵本の主人公であるリリーはイヤな夢に落っこちて、そこで嫌いなもの、怖いものに出くわすたび、呪文をぶつけた。

イシカバカバ！

すると、ピーマンはチョコレートに、雨雲はお日様にひっくり返った。最後に現れる「いちばん怖いもの」は長いツノを生やして激怒するおかあさんで、呪文をぶつけるとバタンと倒れてしまい、さすがのリリーもびっくりして謝る。いくら呼んでもちっとも応(こた)えないおかあさんの横で、リリーは号泣(ごうきゅう)する。ページをめくると場面は現実に変わり、眠りながら泣いていたリリーを、おかあさんがやさしく起こしてあげて、物語は終わる。そんな話だ。

嫌なことに見舞われるたび、その呪文をもごもごつぶやきながら、わたしは成長した。

イシカバカバ。イシカバカバ。

効果は、あったともなかったとも言える。六文字の言葉じゃ、現実はもちろんびくともしない。でも、意識を空想の要塞(ようさい)に避難させ、嵐をやり過ごすのには役立った。念仏みたいにイシカバカバ、イシカバカバ、と唱(とな)えることに集中していれば、心を守る壁は高く、強固にもなった。

大人になって、友人や知人に探りを入れてみても、同じ絵本を読んだことがある人に出会うことはなく、ネットで検索したら五十年も昔の作品で、また手元に置いておきたくなった。

帰省した折に実家の書棚と物置をあたってみたけど見つからず、どうやら祖父が捨ててしまったらしかった。わたしは祖父を責めた。責めに責めた。大喧嘩になった。

家族のほかにその絵本を知ってたのは元カレだけで、合コンの席でのわたしの問いかけに、カレはまんまるな目をくるくる揺らしながら記憶を検索してくれた。

「あー、読んだことあるかも、それ」

なのに、ずっとあとになって同じ質問を投げてみると、ぜんぜん知らない、とすげなく返された。読んだことあるって言ったじゃん、そう責めても、覚えてないと突っぱねられた。

絵本だけでなく、主人公がわたしと同じ名前だったことや祖父がたまに読んでくれたことも、あんなに話して聞かせたのに、カレはなんにも覚えてなかった。そんな些細なことが、過去最大規模の罵り合いに発展して、カレとしばらく会わずにいた。

「それってつまりノロケじゃん」と友人たちには呆れられた。「そもそもあんたと近づきたくて嘘ついたわけでしょ? 読んだことないのに、知ってるーって。かわいいじゃん、さっさと仲直りしなって」

言われてみれば、そうも思えてきた。

そもそもカレの記憶は「読んだことあるかも」という曖昧さを含んでいたから、嘘じゃない。だとしたら怒ってるのはわたしひとりで、さっさと許してあげていいかも。そう思えてきた。だけど、しばらくぶりに訪ねたカレの部屋には、女がいた。それも、わたしのともだちだった女が。

イシカバカバ。

イシカバカバ。

ともだちからメールが届いた。スマホに無断でねじこまれたような気持ちにさせる内容だった。

別れたって聞いてたし、りりこもヨリ戻す気ないって言ってたから。

イシカバカバ。

イシカバカバ。

腹立たしく、やりきれない時間が過ぎ去るのを静かに待とうとしても、嵐はわたしの心、それ自体だった。横殴りの雨さながらに、手の甲で拭っては涙を広げた。

イシカバカバ、イシカバカバ、イシカバカバ、イシカバカバ。

老人がわたしに突き刺したのは、そういう言葉だった。

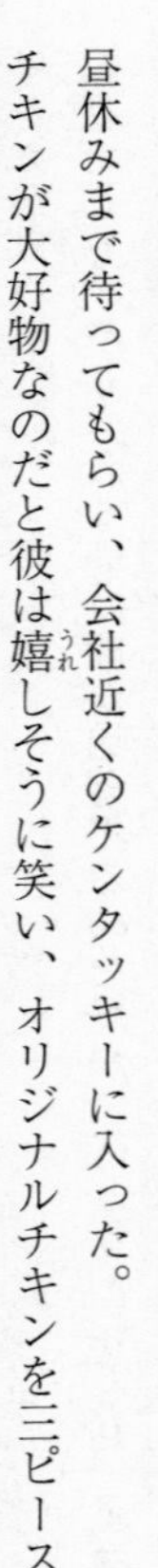

昼休みまで待ってもらい、会社近くのケンタッキーに入った。チキンが大好物なのだと彼は嬉しそうに笑い、オリジナルチキンを三ピースにコーラのLサイズを注文した。

「みっつともキール肉にしてほしい」と注文する老人に、店員は困惑顔で部位指定は受けられないと断ったが、「たまたまそうなることもあるんじゃないか、大食漢の老人を接客したときなんかには」と、誘導とも脅しともつかない助言を彼は口にした。わたしはアイスティーをごちそうになった。

「十五分だけ」

二階の席に着くなり、わたしは告げた。

「食べながらでもかまわないかな」席からほとんどはみ出した老人は、太い指先をおしぼりで一本ずつ拭きながら言った。お好きに、と返すや、チキンに飛び込む勢いで食いついた。一口、二口、三口とがっついてから、話が始まった。

「りりさん。あなたのことを、ぼくはようく知っている。なにせ生まれ変わりだから。まずそこから説明しよう」彼はいったん言葉を切り、チキンをまた頬張った。子どもの食事みたいにもしゃもしゃと威勢よく。「輪廻転生という概念は、通常、前世とか来世とか、時間を軸に語られるもので、魂の唯一性、純粋性を背景に持っているだろう。しかし時間というのもこれが怪しいやつで、真に一方通行とは限らない。仮に時間の側が一方通行を順守していたとしても、逆走する輩が出てくるのもわかるだろう。つまり、魂は可逆的なわけだ」もしゃもしゃ。「ぼくはきみ、つまり多喜田りりことしての人生をこの時代でまっとうしたのちに、便宜的な説明を採るなら、魂が過去に舞い戻り、適当な体を見つけ、ぼくとして生まれてきた。きみがいま二十九歳。ぼく六十八歳。およそ四十年の隔たりだ」もしゃもしゃ。「鵜呑みにはできないだろう」もしゃもしゃ。「理屈をつついても答えは出ない」もしゃもしゃ。「だから、まず最初にりりさんに伝えるべきは、証明、たとえばオカズのことだ。とぼけなくていい。カズオの愛称だというのも、ちゃんと心得ている。いまだにきみがオカズの行動を監視していることも」

「してない」

「高校二年の春に、幼馴染のエロ本を近所の川に投げ捨てたな。しかも彼が思いを寄せていた女の子の目の前で笑いものにしながら」

「信じろってわけ？　そんな、そんな適当なこと並べたてて」

「どうしろとも言わない。その必要もない。きみの心は、ぼくの知るとおりに反応しているはずだ」

「なにそれ」

「本題に入ってもいいかな」

もしゃもしゃ。

腹が立つやら、腹が減るやらで、わたしもなにか買ってくると言い残して一階に下り、ツイスターとビスケットを買って席に戻った。

「正直、不愉快です。どうやったか知らないけど、無断で人の過去漁（あさ）ったりして」

「ぼくは自分の経験を語っているにすぎない」

「それが信じられないっての、わからない？」

「りりさん」

わたしもツイスターの包みを乱雑に脱がせ、老人に負けじと頬張った。

「食べながらでかまわないから、すこし黙って聞きなさい」

彼には妻がいた。しばらく前に他界した。最後の日々、奥さんは意識を失っては目覚めるを繰り返し、そのどこかで前世の記憶が蘇（よみがえ）ったという。いっぺんにではなく、ひとつずつ。

なにか思い出すたび、夫に語ってきかせた。あなたとは前世でも強い結びつきがあった。このままいけば、次の人生でもいっしょだと断言するに至った。老齢からくる妄言だと、彼は解釈して、静かに耳を傾けていたが、やさしくほほえむだけの夫に、妻はけしかけた。

信じないなら確かめてきなさい、名前も、場所も、教えてあげるから。

そこで聞かされたのが、「多喜田りりこ」と「大庭かおる」という名前だった。

「どっちも女？」

思わず突っ込んだ。

「最後まで聞きなさい」

わたしはビスケットをかじった。

彼は、わたしと大庭かおるをさがした。さがすといっても、指定された場所を訪ねるだけでよかった。わたしを知り、大庭かおるを知ったあとで、彼にも奥さんと同じ変化が起きた。自分もこの時代を生きたことがあると、思い出したのだ。

妻には隠していたけど、ここ数年、既視感を覚える場面が多くなり、老いが本腰を入れだしたのだと諦めていた。だけど、すべてが二度目と仮定すれば、無節操なデジャヴにも説明がつく。そうして彼も「転生」の事実を受け容(い)れた。
妻にも打ち明け、夫婦ふたりで散歩に出た。来たことのない場所でまだ見ぬ思い出を語りあった。まだ起きていないできごとを、懐かしく描写しあった。

大庭かおるは二十八歳。大学を出て図書館司書となり、一人暮らしをしている。職場は四谷(よつや)の図書館。

仕事ばかりの二年間を過ごしたあとで趣味を見つけようと思い立ち、服飾系の専門学校が開催するカルチャー講座で「帽子作り」を受講しはじめ、基礎コース修了後、上級コースに進んだ。

花と螺旋(らせん)をモチーフとした作品を得意とし、徐々にショップ店員やスタイリストたちの心に留(と)まるようになっていった。帽子ひとつ完成させるのにも余暇(よか)のほとんどを費(つい)やさなくてはいけないくらい手が遅いけれど、心を砕いて創り上げる帽子は複雑に美しく、ベテラン女性歌手のツアー衣装にも採用された。

司書の仕事と並行して帽子作りの腕を磨き、いま、貯金をはたいてロンドンへ留学するかどうか悩んでる真っ最中らしい。

そこで老人の話は止まった。

「行けばいいのに」

わたしはつぶやいた。

「いや、まずはきみだ」

「わたし？」

「どうしてりりさんは、彼女のところへ行かない？」

「は？　いやいや、行くもなにも知らないし」

「それがおかしい。どこで間違ったんだ？」

老人は脂まみれの指を、親指から順に舐めた。

「間違ったって、なにが」

「大庭かおるの背中を押したのは、りりさん、きみだ」

わたしと大庭かおるは、二ヶ月も前に出会ってるはずだった。

「まだ遅くない」と老人は言った。

バーで隣に座って親しくなり、彼女の羽を引っ張り出したうえ、無責任な追い風を吹かせて飛び立たせたのが、このわたしだという。

「ふーん」とわたしは言った。大庭かおるとやらは日本を脱出するらしい。めでたし、めでたし。わたしのその後について問うと、知らないほうがいいだろう、とはぐらかされた。

「やっぱ、ろくでもない人生なんだ」

「知らないからこそ生きるに値するんだ。自分がいつ死ぬか、知りたいわけでもあるまい」

「先のこと知るのが悪いっていうなら、その、大庭かおるについて知るのだって悪いことじゃん。それを、なに、都合のいいとこだけ正当化するわけ？」

「ああそうだ、これだけは譲れない」

　老人は堂々と肯定した。

「なんで」

「妻とまた会うためだ」

　わたしと大庭かおるの人生がＡ、老人たちの人生がＢ、そのつぎにくるのがＣと仮定して、わたしたちが出会わなければＢが発生しないかもしれず、ＢがなければＣはなおさら巡ってこない。すべて仮定の話でしかないけれど、異変に気づいた以上、じっとしていられないと老人は述べた。

「つまり、人助けと思えってこと？」

「りりさんにとっても必要なことだ」

「ていうか、その呼び方やめてくれない？」

「じいちゃんを思い出すか」

「ほかにそんな呼び方する人いないでしょ。や、あのさ、べつにわたしは、その人と出会わなくたって困らないわけでしょ。なんていうか、メリットないし」

「くすぶってるじゃないか。どちらを向いても行き詰まりだと感じているだろう。それはな、きみが手持ちのものばかりでどうにかしようと考えるからだ」

「適当なこと言わないでよ」

「りりさん。傷を大きく見積もるのは、やめたらどうだ」

失礼な指摘に反論しようと口は開けたけど、なんの言葉も出てきてくれなかった。思わぬ敗北感にまた腹が立ち、そこまで言うなら、アドバイスのひとつでも授けてくれるべきだと思った。この人生の先輩として。

「やっぱ教えてよ。わたし、どうなる？」

「どうなるとは」

「あんたの頼み聞いて、そしたらわたしの人生もうまくいくって保証してくれない？」

「ありきたりだが、悲喜（ひき）こもごもがある。いい人生かどうかは、きみが最後に決めることだ」

「そんなあたりまえのこと教えてくれなくてもいいよ。ねえ、未来のことわかるなら、大金手に入れる情報とかないわけ？　これから伸びる企業とか」

「じゃあ、ひとつだけ教えておこう。きみの嫌いな上司」

「スルガ？」

「木曜日に倒れるぞ。救急車で運ばれる」

「いや、べつに嬉しくないんだけど。ね、結婚は？　わたし結婚する？　しなくてもいい？」

「したくないのかな？」

そう問われると、わからなかった。眼の前の老人は愉快そうにコーラを飲んでいる。

「結婚したいって思える相手には会いたい」それがきっと、いちばん素直なところだった。「大庭かおるって人はさ、来世では奥さんかもしれないけど、今の人生で結婚するわけにもいかないわけだし、ていうか、なにわたし真面目に語ってんの」

老人は盛大なゲップを漏らしてから、こう言った。

「結婚して幸せになる」

「え？」

「それくらいなら、教えてもいいだろう」

「ねえ、そんな大事なことゲップとセットで言わないでくれる？　てか、誰と？」

「そんなことまで知ってしまったらつまらないし、またなにが変わってしまうか、わからないじゃないか」

「だからって、そんな一般論言われたって期待も持てないじゃん」

「しかし、本当だ」

ぬけぬけと、言われた。有無を言わせない力強さがその言葉には宿っていた。信じた、とまではいかないにせよ、気分が軽くなったのは事実だ。だけど、まんまと利用されるのもシャクだから、こう言った。

「わかった。協力してあげるからさ、なんか、せめて謝礼くらい用意してよ」

最初から承知していたふうに、彼は右手の親指を立てながら答えた。

「弾んでやろう。さしあたり、うまい飯でどうかな」

それで決まり。

次の日曜日、大庭かおるの行きつけのバーで作戦実行。待ち合わせの時間と場所も決めて、最後に老人の名前を尋ねた。

「いしかばだ」

「え？」

「石ころの石に白樺（しらかば）の樺で、いしかば」

「偽名？」

「ああ、そのとおり。石樺カバという」

ははは、とわたしは笑った。いしかばも笑った。

会社に戻ると、スルガが足音もなく近づいてきた。

「あれはどうなってますか」と訊かれた。

「あれって、どれですか」

スルガの言葉は、いつもパーツが足りない。陰湿な嫌がらせだと、最初は感じたけれど、思い違いだった。誰に対しても、そういう態度の人だった。

万事を急ぐあまり、スルガの言葉からは言うべきことが欠落している。

四十半ばの独身。痩（や）せぎすの体は古木みたい。度の強いメガネをかけて、目線はいつも一点集中。

生きるリズムが誰とも違いすぎて、彼の人生はたぶん、チョロQみたいに、きりきりと軋むまで巻かれたところからスタートしたんだろう。ありゃ早死にする、と飲み会でよく笑われてるけど、わたしはたまに、スルガの潔さが羨ましかった。

持論をひとしきり述べてから、スルガは席に戻っていった。わたしは苦戦の末に新しい見積書を仕上げた。

「多喜田さん」

またスルガが隣にいた。午前中に渡された書類に不備がある、どうしてこんな書き方なのかと問われた。

「書式は間違ってません」

「私の指示と違う。何度も言ってるはずだ、こういう些細な傷がのちのち大きな問題につながる。きみが責任をとれるのか？　とれるのなら好きにやってもらって構わないが、そうでないのなら私のやり方をなぞっておけばいいんだ。ミスは私が修復する、きみじゃない、違うか」

立ち上がって、すこし背伸びして、「木曜日に倒れて救急車だそうですよ」そう耳打ちしたらどうなるだろう。

どうにもならない。

信じるわけがない。

木曜なんて言わず、いますぐ倒れろ。

そう念じてやった。

すると、目の前でスルガが倒れるイメージが浮かんだ。

不意打ちの想像が繰り返し繰り返し脳内で再生された。

バリエーションがすこしずつ違って、スルガが倒れる場面はもう二〇〇通りも出来あがっていた。やめたいのに、押し寄せる想像を食い止めることはできない。いくらイヤな奴だからといって、楽しくもなければ、爽快でもない。償いにも似た気分で、彼の指示どおりに書類を作りなおしていった。

聞かなきゃよかった。これでスルガに本当に倒れられたら、知ってて防げなかったことを後悔しそうだ。

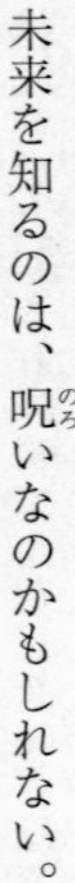

いしかばの顔を思い出した。

未来を知るのは、呪いなのかもしれない。

日曜、午後六時。新宿駅東口改札で待ち合わせした。

いしかばは、白い綿シャツにチノパン、サンダル、頭にパナマ帽を載せ、太ったペンギンを思わせるぺたぺたした歩き方で現れた。

件のバーへ出向く前にごちそうしてもらう約束だった。ドレスコードがあるような店じゃないと言われていたので、お気に入りのポロシャツに買ったばかりのロングスカートをあわせてみた。鏡の中の自分は左右反転しているけれど、楽しげな表情は見せかけでもなんでもない、本心からのものだった。

「りりさん」

わたしを見つけるなり、いしかばはにっこり笑って右手をあげた。

「すてきだ」

恥ずかしげもなく、いしかばは褒めた。

「きもちわるい」とわたしは笑った。「すごいまわりくどい自画自賛じゃん」

「魂は同じでも今は別人なんだから、むしろ最短距離の賛辞じゃないか。しかし、もういくらか露出が多くてもいいんじゃないか、え？」

「やだよ、同伴出勤に見られるじゃん」

「つまらんところで保守的だな、ほんとにそっくりだ。もっと挑んだらどうだ」

「そんな若くないし」

「そうじゃない、りりさん、十年後、二十年後に、この場面を思い出すかもしれないじゃないか。いまよりずっと歳を重ねたとき、そこから見る今は、若い、だろう。あのころのわたしはもう若くないと思って控えめな格好だった、と振り返るのと、無茶やってたなと笑うのなら、後者のほうがずっといい、そう思わないか？」

それは、ずるい。選択肢のフリをしているけれど、実際は違う。だけど、正しい。正しいから余計に悔しい。

考えてるうちに、小田急線のホームに着いた。

いしかばは浮かれていた。

初めて会ったときと同じ、すこし酔ったような陽気さが、彼の顔から、動作から、溢れていた。

電車が入ってきて、並んで座った。いしかばのふっくらした手が視界に入った。隣に置いた自分の手が実際以上に華奢に映る。顔をあげると、向かいの車窓にわたしたちがいた。いったい誰がわたしたちを、魂をシェアしてる仲だなんて見抜けるだろう。

「あ、そうだ。スルガ倒れなかったし、救急車も来なかったけど」

ふと思い出して非難したけれど、いしかばは驚きもしなかった。

「仕方ないな。事態は変転しつつある」

「なにそれ」

「ほっとしたろう」と指摘された。

「嘘ついたの？」

「いいや」

「まあ、ほんとに倒れられても気分悪いけど。あー、でも毎日むかつくし、あと少しで辞めるって思わなきゃ、もう耐えきれないくらいだけど」

「耐えられるさ」

そう言ってもらえて、ほっとした。

「ねえ、きょうは大丈夫？　大庭かおるには会える？」

「そこは間違いない」

「なんで」

「運命」と答えて、いしかばは笑った。

「また」

向かいのわたしも笑った。

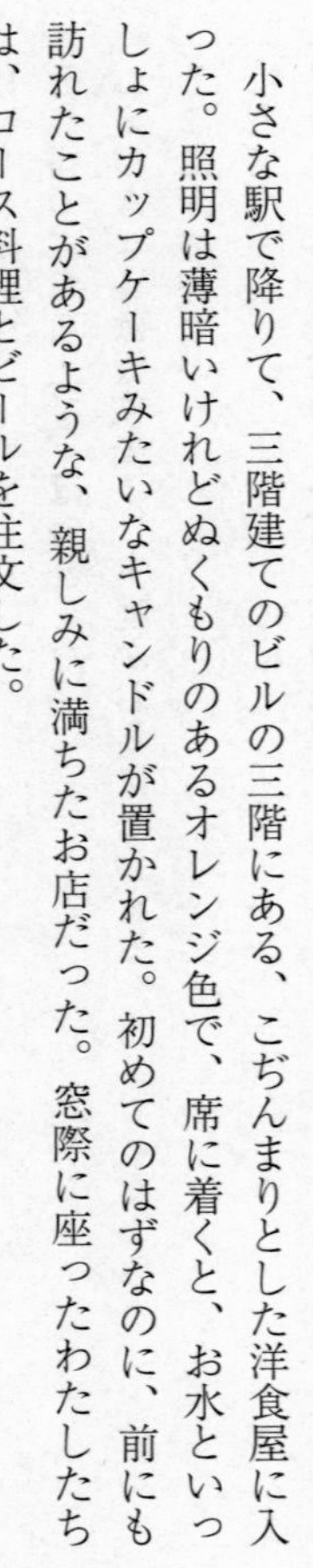

小さな駅で降りて、三階建てのビルの三階にある、こぢんまりとした洋食屋に入った。照明は薄暗いけれどぬくもりのあるオレンジ色で、席に着くと、お水といっしょにカップケーキみたいなキャンドルが置かれた。初めてのはずなのに、前にも訪れたことがあるような、親しみに満ちたお店だった。窓際に座ったわたしたちは、コース料理とビールを注文した。

「あそこに雑居ビルがあるな」

いしかばが窓の外を指さした。そこがランデブーポイントだと告げられる。

「どうして大庭かおるを選ばなかったわけ？　彼女が飛ぶのが重要なら、そっち説得したほうがはやくない？」

「こんな老人が現れて内気な女性のケツを叩くのか？　それが奏功すると思っているのなら呆れる。肝心なのは、りりさん、きみと彼女が会うことだ。やると決めたら、あとは強い人間なんだよ」

ビールが出てきて乾杯した。儀礼的な、言葉を伴わない乾杯だった。

わたしが一口目を飲み終えないうちに、いしかばが告げた。グラスを持ったまま体をひねったけど、誰も見えなかった。もたもたしてるあいだに、大庭かおるはビルに入ったらしい。

「来たぞ」

焦って席を立とうとすると、いしかばが「食べてからでいい」と制した。

「いしかばは食べててよ、わたし行ってくるから」

「座りなさい。注文も済ませたのだし、食事する約束じゃないか」

わたしも昼を抜いていたから、おとなしく従った。

ちらちら外の様子を窺いながら、運ばれてきた料理を口に入れた。ふわ、と口の中の空間が広がった気がして、できることなら口の中を自分の目で覗き込んでみたかったけれど、そんなことよりも料理を味わうほうが優先。おいしかった。

シンプルな鯛のマリネだとばかり思っていたのに、だれかと語りあいたくなるくらい奥行きをもった味つけで、見ると、いしかばはとっくに平らげてしまっていて、わたしはまだ咀嚼を続けながら、やっぱりこの味を言葉にするのは惜しい気がしていた。

続く料理のどれもが、期待を外れなかった。

お皿とお皿のあいだに、わたしたちは話をした。といっても、主にわたしが語り手にまわった。

生まれ変わりではあるものの忘れていることも多いので、りりさんのこれまでについて教えてほしいと頼まれたからで、それなら、いしかばの人生についても語りなさいよとけしかけてみても、ありきたりな人生とだけ返された。

ありきたりな人物がそんなふうにでっぷりと太ったりはしない、そう挑発すると、彼はただ一言、がまんのきかない性格なんだ、と笑った。

料理を食べ終わるまで一時間とすこしかかった。

わたしが先に出て、指定のバーに向かう。いしかばは窓から見届けたあとで支払いを済ませ、駅前のコーヒーショップで待っている。そういう段取りになった。

外に出た途端、右の足の指に違和感を覚えた。爪の割れたあたりに少し痛みがあったけど、そのまま歩きだした。

お店の名前は『スプーンフル』といった。重い木の扉を引っ張って開けると、カウンター席が七つだけのバーで、丈の高いスツールはすべて埋まっていた。店主らしき男性が奥からわたしを見て、ちいさく頭をさげた。

「すみません、ちょっと、いまいっぱいで」

頬から顎に薄く髭を生やした店主は、愛らしい笑顔を見せた。

「みたいですね」

ほら、のんびり食事なんかしてるから。レストランに駆け戻って、いしかばを叱る場面が浮かぶ。大庭かおるがいるかどうかだけでも確かめておこうと客の背中を見ていたら、ひとりの男性客がこちらを振り返ってスツールから降りた。

「おれ、出るよ」

メガネの似合う若い男性は、おだやかな笑みを浮かべた。割に好みな風貌の彼に、わたしはお礼を述べた。

「おれ毎晩来てるし、そんなのが居座るより、かわいい女性が常連になってくれるほうが嬉しいし」

軽薄なしゃべりかただったけど、悪い気はしなかった。彼は店主を振り返り、「なあ」と言った。それで店主も気を良くしたのか、彼の会計から一杯分をサービスしていた。

空いた席に座ると、隣の席の女性が「こんばんは」と声をかけてきた。わたしも「こんばんは」と返した。わたしのほかに女性客は彼女だけ。大庭かおるだ。

大庭かおるが店主に話しかけた。

「それでとうとう現れたわけ、あの手紙の受取人が」

何かの話の続きらしく、わたしはしばらく耳をすませていた。

大学生の男の子がペンギンの栞（しおり）を持ってきて、持ち主を探していると訴えた。大庭かおるは栞の落とし主を知っているらしく、訪ねてきた大学生がこれで旧友に会いに行けるはずだと、話を結んだ。店主は慎重な目つきでグラスにビールを注（つ）ぎ足しながら、こう質問した。

「でもさ、栞なんてそんなに特徴あるものなの？」

「それがね、あるんです」と大庭かおるは得意気（とくいげ）に答えた。「知らないかな、ファブヒューマンってバンド」

「知ってるよー」と店主は笑った。「丸山さんも好きだったんじゃないかな」

「そうそう、前にここで丸山さんに教わったの。シングルの販促（はんそく）用に作られてた栞なんだけど、菅野（かんの）ヒカリが死んで、ファンクラブ向けに最後のプレゼントとして配布されることになって、そこにね、彼女の描いたキャラクターが」

「ペンギン氏！」と、わたしは隣から口を挟んだ。

「そう！　ペンギン氏！　知ってる？」

大庭かおるが、笑顔でこちらを向いた。

「知ってる知ってる、昔の彼氏がすごい好きだった」

大学時代の些細な思い出が、大庭かおるとわたしの距離をあっさり縮めた。

「はじめまして」と彼女は言った。ショートカットで低い鼻。頭が小さくて、目は開いてるのかどうか判断に悩むほど細い。首の中心に目立つほくろがひとつ。Tシャツにジーンズというシンプルな子どもじみた服装で、指にも耳にも装飾品の類はない。

「大庭です」

「いしかばです」とわたしは思わず言った。

初めての客には店から好きなものを一杯ごちそうするのが決まりだと店主に言われ、ビールを頼んだ。大庭かおるもビールを追加し、氷並みに冷えた新しいグラスでわたしたちは乾杯した。

いつのまにか、チーズの盛り合わせとスライスされたチョリソーが手元にあった。ビールをおかわりした。大庭かおるもつきあってくれた。

どこらへんに住んでるのか。どんなお店が好きか。ゆるゆると話題は移っていった。大庭かおるも興が乗ってきたのか、口調がだんだん無防備になっていった。

「だって、うちなんて両親そろって教師だから」と彼女は忌々しげに言った。

「うちも！」とわたしは答えた。

「ほんと？　わたしなんかさ、父親が勤務してる中学に通ったんだよ、三年間。しかも父親体育教師で、最悪すぎて泣けた」

「あー、それはやだ。自分の親に学校で会うとか無理、ぜったい無理」

「夏とかね、ほんとやだった、プール爆発しろって思った。え？　りりこさんとこも、ふたりとも先生だったの？」

「そう言ったじゃん」

ペンギン氏のほかにも共通項が次々出てきた。五年前のちょうど同じころに京都を旅行してたから、すれちがってたはずだと決めつけた。前世でも友達だったりしてー、とカマをかけると、そうかもー、と彼女は応じた。

恋愛の話になり、大庭かおるも最近、男と別れたことを知った。

わたしは怒った。

そいつをここに呼び出せと命じた。そんな男、糞味噌に叱り飛ばしてやりたかった。なのに彼女は、もう忘れたから大丈夫、と本当に大丈夫そうに笑った。

「大庭さんは元カレのツイッターとか見ないの?」

「見ないよー、ぜんぜんそんなことやらない人だったし」

「検索したりとかも?」

「わたしもそういうの疎いから」

「あ、そうなんだ」

「りりこさんは、そういうのやるの?」

「やるやる、電脳ストーカーだよ、わたし」

「いいねー、未来だねー」

彼女は万事理解した表情を見せた。

そろそろ本題だ。

「やっぱり夏って帽子欲しくなるよね」と切り出した。「しばらく探してるのに、なかなかこれっていうの、見つからなくて。とかいってるうちに毎年ね、秋になる」

「どういうの探してる?」

「うーん、ピンとくるやつならなんでもいいんだけど、そんなだから見つからないのかな」準備不足を悔やみながら、言葉を継いだ。「ふだん帽子かぶらないってのもあって、似合うの、わからないし」

「そうだね」と同意しながら、大庭かおるはバッグから手帳と鉛筆を取り出し、デッサンを開始した。

方眼の罫線を無視して自在に描きだされる曲線は、あれよというまに帽子になった。まるっこいベレー帽のようでもあり、だけどトップにおおきなリボンがあしらわれている。鉛筆をすこし寝かせたかと思うと、彼女はそこに薄墨色を重ねていった。

「かわいい」思わず、声が出た。

「こういうのだと思う、りりこさんに似合う帽子」

まさか、とわたしは否定したけど、彼女は絶対の確信を持って「似合うよ」と告げて、わたしを覗き込んできた。

「だから、わたし作ってもいい？」

そうして彼女は、帽子作りにまつわる経歴を語りだした。

ほぼ、いしかばに聞いたとおり。

子どもが手柄を披露するときに似た高揚感が後光のようにきらきら瞬いて、彼女が密やかに育んできた自信を裏付けていた。それがまぶしくて、いらいらした。その苛立ちが「嫉妬」だと気づいたときには手遅れで、大きくなりすぎた感情を檻に戻すこともできず、大庭かおるがロンドン行きに言及すると、わたしの怒りはさらに膨らんだ。

「海外行ったこともないし、費用は自腹だから貯金を使い果たすことになるけど、その結果、自分の才能の無さを明らかにするだけかもしれなくて、迷ってる」

さっきまでの無邪気な自信ときっちり同じ振り幅の弱音を聞かされて、わたしは嘲ることも安心することもできず、ただただ苛立ちを募らせた。

「みんなにもそう言われるんだ、わたしに留学は合わないって。それよりこっちで着実に経験積んでったほうが、長い目で見ればプラスだろうっていう人もいて」

わたしはビールを飲み干した。大庭かおるは、まだ続けるつもりらしかった。

「でもやっぱり行きたい気もして、どうしたらいいのか、ぜんぜん」

「行けばいいじゃん」

窮屈なくらいの店内に、わたしの声が響いた。

「さっきからどっちなわけ？　背中押してほしいの？　引き留めてほしいの？　どっちでもいいけどさ、でもね、もしあんたが今のところに留まってもね、誰もそれについて責任とらないし、誰もそれを心から喜んだりもしないし、ほらみろ、そういう結論しか出せないんだから身の丈にあったやりかたでいけって、ほかの連中が笑うだけなんだから。でも、そうだよね、それであんたも安心するんでしょ。大きな失敗にぶちあたらなければ、それが幸せだって思えるんでしょ」

大庭かおるは、きょとんとしていた。店主がわたしたちの前に移動してきたけれど、仲裁に入る様子じゃなかったから、わたしは続けた。

「あのね、どっちにしても駄目にするのは、あんたなんだ。諦めきれないっていうなら、しばらくはそうやって、可能性だけぷかぷか浮かべて眺めてればいいよ。部屋から出ることもしないなら、明日の朝にはしぼんで床で死んでるから」

なにも言い返してこなかったけど、ほのかな照明の下でも、彼女が頬を赤く染めているのは見てとれた。

知るか。声に出さず、わたしは思った。この女がこの先どうなろうと、知りたくもない。来世でも過去でもどこでもなんでも、こんなのといっしょになるなんて無理だし、添い遂げるなんてどんだけ苦行だ。

店主が新しいビールを出してくれた。たしかに、喉が渇いていた。なのにわたしが手を伸ばすより早く、横から細い手がさっと伸びてきて、まだ霜のついたグラスを奪い取った。

かけられる！

思ったわたしは、とっさにスツールから降りようとした。

でも予想は外れ、大庭かおるはグラスを力強く自分の口へ運んで、勢いに任せてビールを飲んだ。背中を反らせて目を閉じて、首のほくろが上下する様が、ありありと見えた。

無茶な飲み方のせいだろう。彼女が咳き込んだかと思うと、わたしはびしょぬれになっていた。

なにが起きたかわからず、口いっぱいのビールを、大庭かおるが噴き出したのだと理解するまで、二、三秒かかった。

彼女は、なおも激しく咳をして、グラスを床に落として割った。わたしはといえば、ぶっかけられたビールが左目に入ってきて、とっさにおしぼりをつかんで顔を荒っぽく拭いながらトイレに向かった。洗面台で顔を洗いながらむかついた。

なんで？

なんで？

なんでこんなところで、こんなことで、顔なんか洗ってんの？

ぬるい水を顔に浴びせていると、だんだん、ばかばかしくなってきた。

男の声で「タオル」と言うのが聞こえ、そちらに手を出すと柔らかなタオルを渡された。顔を拭いて横を見ると、店主だった。口を閉じたまま、薄く髭の茂った左頬にえくぼをつくってから、店主はドアを閉じた。鏡に映るわたしは、顔の下半分が白いタオルで隠れて、目の赤みが際立って見えた。

イシカバカバ。

まったくほんとに、イシカバカバ。

いくら唱えたって、目の赤みすら消えてなくならない。

当然だ。だってそれは魔法じゃない。ただの言葉遊びだ。

絵本に教わった呪文の正体を知ったのは、高校からの帰り道だった。ふと気づいた。「ばかばかしい」を裏返しただけで、つまりそれは「ばかばかしくない」ということで、「イシカバカバ」は現実そのものを指す言葉に違いない。

そんな理屈を捏ねるようになってしまったのが、もう魔法を使えないことの印かもしれない。

そう思うと、自衛の壁をすべて取っ払われたようで心細く、それでもわたしは、大人になっても「イシカバカバ」に縋りつづけた。

「ばかばかしい」

声に出して、言ってみた。

今夜のこれは、まったくほんとに、ばかばかしい。

こんなことやってる場合じゃない。大庭かおるの将来より、自分のことだ。来世のことなんて、もっと、ずっとあとまわし。死んでからで間に合う。そう思った瞬間、大庭かおるに放った言葉のぜんぶが、自分に跳ね返ってきた。

ばかばかしいのは、わたしのほうだ。

ひどい顔だったけど、トイレを出た。タオルで口元を拭ってる大庭かおるに、わたしは言った。

「ごめん」

彼女も慌ててスツールを降りて、「こっちこそ、すみません」と頭をさげた。彼女を追いかけるみたいにスツールが倒れた。みんな笑った。仲直りの証にもう一杯飲んだ。それも店のおごりになった。

メイクを直して、彼女といっしょに外に出て、別れ際に訊いてみた。ロンドンに行くのかと。わからない、と彼女は答えた。

「でも、ちゃんと自分で決める」

暗い路上で、手を振って別れた。

彼女の進む先には街灯のほかに光はなくて、ぽつり、ぽつりとつづいていく灯り(あか)を見つめながら、わたしはなぜだかうまくいく気がした。大庭かおるが決断したところで、この先が苦難と苦闘の連続なのは間違いなく、それでも、闇(やみ)に点在する灯りと同じように、この先にも良いことは巡ってくるはずだし、その点を結んでいけば道は続いてくんだろう。

それはきっと、彼女に限ったことじゃない。

駅前のコーヒーショップで、いしかばと合流した。
生クリームたっぷりのフラペチーノを、いしかばは太いストローですすっていた。わたしはアイスティーにした。
「うまくいったろう」
いしかばが言った。

「とうぜん」と、わたしは答えた。

「とうぜん、な」

「いしかば」

「なんだ」

「奥さん、どんな人だった？」

「それはもう素敵な女性だ」

間髪をいれず答えられて、脱力してしまう。

「もっと具体的なこと教えてよ」

「なにかにつけ、ぼくの尻を蹴り上げてな」

「ははは、いい人じゃん」

「楽しみにしておきなさい、会えるのを」

「いやいやいや、わたしまだこの人生あるんだけど、まだけっこう長いんだけど」

いしかばは声をたてずに笑いながら、プラスチックのスプーンで生クリームをどっさりすくって口に運んだ。

「長いよね？」

不安がよぎって、確認した。

「よかった。ああそうだ、さっき思ったんだけどさ。みんなが同じ魂って可能性はあるのかな」

いしかばは右の眉（まゆ）を、くっ、とあげた。

「つまり、どういうことかな」

「七〇億の体をひとつの魂が順繰り（じゅんぐ）りにまわってるの、七〇億っていうか、これまでとこれからの人間のすべてが順繰りになってて、ひとつの魂が時間の都合なんて無視してぜんぶの体をまわってる」

「おもしろい考え方だ」

ああいうのもいいな、と、大庭かおるの人柄を思い返しながら、わたしは考えていた。帽子にしても、かぶる人のことを考えて作っている。栞や手紙の話も、そうだ。わたしだったら、そんなのすぐに忘れてしまうだろう。自分のことで手一杯なんだからと言い訳して。仕方ない。それがわたしなんだから。

「でも、やっぱ違うね。みんなが同じ魂なら、気持ちのすれちがいなんて起きないし」

「そうかな？　自分自身とも摩擦（まさつ）や行き違いはあるだろう」

「あ、うん、まあ」

鋭いつっこみに、わたしはまた考えに沈む羽目(はめ)になった。

「りりさん」

「ん」

「お礼をしなくてはな」

すっかり忘れていた。

気分がすっきりしたし、なんだか前向きになれたから、お礼なんていいよ。そう言ってしまうのも、どことなく悔しくて、わたしはこう返した。

「え？　なになに？　財産でもあんの？」

「ある」

「いいよ、冗談だって」

「来週の日曜、ここに来てくれ」

いしかばは一枚のメモ紙を寄越(よこ)した。几帳面(きちょうめん)に折りたたまれた薄い黄色の紙を開くと、住所が書かれていた。

「いしかばんち？」

「正午くらいかな」

「気が向いたらね」

断るのも無粋だから一応は受け取ったけど、いしかばもわかってたはずだ。もう、会うつもりがないことを。なにしろ、わたしたちは魂を共有してるのだから。

「いしかば、わたしの人生、生きてよかったと思う？」

「りりさん」

いしかばは口を固く結び、鼻から息を吐き出した。白い髭が、かすかに揺れた。また呆れさせたのだと理解した。でも、違った。

「イエス」

親指を立てて、いしかばは笑った。

愉快な日曜が終わり、月曜日が来た。仕事で失敗が続いた。どうせ辞めるから嫌がらせかと、スルガに責められた。

火曜も水曜も似たようなことがあった。前向きになっていたはずが、また、地面が溶け出すみたいに沈みはじめていた。

そして木曜日。スルガと得意先へ移動してる途中、炎天下の歩道で彼が倒れた。体から骨をまるごと抜き取られたみたいに、とつぜん、力なく、ふらりと。なのに地面に体のぶつかる音は鈍く、重く、鳴った。

呆然としていると、誰が手配したのか救急車が現れ、病院まで付き添った。窓のない車内は閉塞感が濃すぎて、ぜんぜん動いてなんかいない気がした。

ようやく着いた病院は迷子になりそうなくらい巨大で、非常階段の踊り場でいくつか電話をかけた。

スルガの上の人間がやってきて、帰社するよう言われてわたしは従った。心がざわついて、くそ暑いのに寒がってるみたいだった。会社の人間ではなくスルガの家族が飛んできたなら、すこしは違ったのかもしれない。でも、すぐに連絡のつく近親者が、スルガにはいないらしかった。

午後早い時間のがらんとした電車は、意識を薄暗い場所へ運んでいった。すぐに救急車を呼べたはずなのに、どうしてこうスタートが遅いのか。倒れたのがわたしのほうだったら、スルガはわたしが地面にぶつかるより速く携帯を取り出して、119番したに違いない。

二年前、祖父が亡くなった日のことだ。前夜から意識が戻らないと連絡を受けていたから、覚悟はできていた。話したいこともなかったし、仕事でそうそう帰省もできないし、もう充分だと思った。

出社して、仕事に取り掛かってすぐに母から電話がかかってきた。まだ息はあるけど延命措置はしないと聞かされ、電話を切ってスルガに報告し、午後から早退させてもらえないかと恐る恐る申し出たら、一喝された。

「いますぐ帰りなさい！」

とるものもとりあえずといった体で会社を出た。一度帰宅して準備をすませて再び外に出たのは、正午をまわったころだった。空港に向かうからっぽの電車に低い光線が注ぎこんできて、もう黄昏みたいだった。

前に帰省したときに絵本を無断で捨てられていた件で大喧嘩したこと、そのことを謝りもしていなかったことを、空港へつながる景色を前に思い出した。

夜が来る前に地元の病院にすべりこんだ。言葉はかわせなかったけど、祖父の手を握ることはできた。ごめん、という声が、届いたかどうか。

祖父を看取って実家に戻ると、母は祖父名義の通帳を五冊出してきた。うち一冊はけっこうな額が入っていたけれど、残りの四冊はそれほどでもなかった。お金を嫌ったわりに貯めこんで、使うことなく死ぬなんて、ずいぶんと矛盾しているように感じた。

「少ないやつはぜんぶ下ろしてきてよ」と母に頼まれ、わたしは懐かしい自転車に乗り、銀行と郵便局をはしごした。最初の銀行でＡＴＭの前に立ち、母から預かったメモを開くと数字が四つ並んでいた。

わたしは慌てて外に出て、駐車場の隅で泣いた。暗証番号は、わたしの誕生日だった。どの口座も、同じ番号だった。

日曜日、わたしは結局、いしかばの家に向かった。

スルガが倒れたこと、そこでわたしが感じたことを、ちゃんと理解してくれる人物に話して、整理したかった。

朝からシャワーを浴び、カーキのショートパンツに赤いキャミソールをあわせてミュールを履いて、大ぶりのサングラスをかけて電車に乗った。

渋谷で乗り継ぎ、指示された駅で降りてからスマホに住所を入力して、タクシーに乗り込んだ。スマホの画面を見せると、初老の運転手はわたしの脚を無遠慮に見た。

でも、生足だとやっぱり見られるな、と思った。

そうじゃなかった。

「着きますよ」

言われて外を見ると、斎場があった。

運転手は、住所でわかったんだろう。こんな格好で葬儀に出るつもりなのかという驚きのあまり、二十九歳の足を凝視したに違いない。

少し迷って、タクシーを降りた。

亡くなったのは「石樺薫」という人物だと、表の看板に大きく書かれていた。

二車線を挟んだ向かいの歩道から、わたしはしばらく斎場入口を見つめていた。

薫、という名前にわたしは大庭かおるを思い出し、それで理解した。

逆だったんだ。

いしかばこそ、大庭かおるの生まれ変わり。

奥さんはきっとわたしの生まれ変わりで、いしかばが嘘をついていた。

そう考えると、彼がわたしを「りりさん」と呼びつづけたのも、うなずける。

誰かに肩を叩かれて振り返ると、いしかばが豊かな白髭を揺らして立っていて、くくく、と笑われる。そんな場面を、しつこく想像した。

わたしは怒鳴りちらす。

この嘘つき！

すると、いしかばが言い返す。

長い目で見れば嘘じゃないだろう。ぼくはきみの生まれ変わりでもあるかもしれない、とかなんとか。

そんな夢想でも、まだ現実になる可能性が残されている。斎場の中を確かめずにここを去れば、現実は固定されずにすむわけで、だけど、駄目だ。ここまで来たのに逃亡するなんて、そんなの、それこそ、ばかばかしい。

腰布一枚で王宮に乗り込んでいく戦場帰りの勇者みたいに、わたしは車道を横切って大股に突き進んでいった。

立派な建物だった。

中に入るとざっと二〇〇人くらい座っていて、花がびっしりと壇上を埋め尽くす光景は壮麗だった。

厳粛な場にあっては露出狂も同然の格好だったけれど、お構いなしに中へ入る。人々が唖然として、だけど読経の最中だからうまく対応もとれずにいるのをいいことに、わたしはどんどん前進していって、棺の前まで来た。

遺影のいしかばは、ばかばかしいくらい陽気だった。写ってないけど、撮影のとき、両手にチキンを持ってたにちがいない。

あと数歩近づけば棺の中も見えるだろう。でも、それはやめた。

残念だね、いしかば。せっかくエロいかっこしてきてやったのに、見られないなんて。

会釈のひとつもせず、わたしは棺に背を向けて歩き出した。歩きながら財布を出し、一万円札を抜き出して受付に叩きつけてやろうと思ったけど、なんだそれ、と直前で我に返って、裸のお札を握りしめたまま外に出た。

服装はアレだけど、サングラスをかけてきたのは正解だった。

くそ、くそ、くそ。

出てきたばかりの建物を振り返った。

来世で、来世っていっても過去に戻るけど、気分的には前世だけど、そこでいしかばのケツをさんざん蹴り飛ばしてやることを、わたしは決意した。

サングラスをはずして、裸の腕で目元を拭った。涙が冷たければいいのに、熱くて腹が立った。

「多喜田さん！」

誰かに呼ばれて、急いでサングラスをかけた。振り返ると、黒い和服姿の老齢の女性が斎場から出てくるところだった。

イシカバの家内です、と彼女の口から出てくるより先に、そうだろうと思った。

まるで、この場面を知ってたみたいに。

「石樺りりこと申します」老女は丁寧にお辞儀をした。

灰白色（かいはくしょく）の髪にふくよかな体つきで、顔立ちは柔和（にゅうわ）だけれど、目が強かった。

斎場に戻り、親族の控え室に通された。ビールを出されて遠慮なく飲んだ。「葬儀を乱して申し訳ありません」と謝ると、彼女は愉快そうに笑い、目尻を手の甲で拭った。
「いらっしゃることは知っていました。ただ、信じられなかったけれど」
葬儀に戻らなくてもいいのか尋ねると、十分、二十分は平気でしょう、と彼女は答えた。
病（やまい）を得て死期を知ったいしかばは、奥さんを安心させたいがために、来世でも一緒になることを立証しようと試みたそうだ。長く技術者として活躍し、引退した後も機械いじりをやめないような人物でありながら、オカルトめいた話も躊躇なく口にするところがあった。

自分たち夫婦の前世を夢で見た。

ある日、そんなことを言い出した。

夢に見た名前を半信半疑で調べてみたところ、ふたりとも実在している。これを偶然と片付けるほうが、どうかしている。

いしかばは、そう主張した。

「多喜田さん、ほんとうに、ごめんなさい」老女は困ったように顔をほころばせた。「こんなおばあさんじゃなく、もっと素敵な女性が生まれ変わりだと言えればまだしも、ねえ。だからどうぞ、お気になさらないで、ぜんぶ作り事なんですから。あなたにはご迷惑をおかけしまして、ほんとに、申し訳ないこと」

成功の可能性が五分五分の手術を、いしかばは三日前に受けた。失敗の側に、運命は転がった。でも、なにが成功でなにが失敗なのか、いしかばの奥さんには線引きができないようだった。

「あなたがここに現れたら、それが来世の証拠だと石樺に言われたんです」

笑うしか、できなかった。

「ほんとうに、こうと決めたら譲らない人で」

「そうですね」

わたしの返事に、老女はすこしの驚きを含んだ笑顔ののち、おおきく息を吐き出した。

「多喜田さん、だからあなたも、忘れるというわけにもいかないでしょうけどね、こんどのことは気にせずに、これから先を生きていってくださいね。こんな老人に振り回されて災難でしたでしょうけれど、どうぞお許しください」

「いえ、あの」

かあさん、と声が聞こえて、彼女は口元に笑みをたたえたまま立ち上がった。

ドアが開いて、すごく太った男性が顔を見せた。ぺこりと頭をさげ、ずんぐりとした親指を一本立てながら「戻らないと」と言った。いしかばにそっくりの声に、とうとう耐えきれず、わたしは泣き出した。

「あの、すみません、わたし、旦那(だんな)さんに、お礼を言いたくて、言わなくちゃいけなくて、だけど、あの、ごめんなさい」

座ったまま泣き崩れるわたしの肩に、彼女が手を置いてくれた。わたしは何度も謝り、もう行ってください、迷惑かけてすみません、と繰り返した。手のかすかな重みが離れることはなかった。

五分とは待たせずに済んだと思う。どうにか心を落ち着かせて、わたしも立ち上がった。もう一度、挨拶へ行くかと誘われたけれど、さすがに断った。代わりにひとつ質問した。

「あの、旦那さんと生きて、幸せでしたか」

別れ際に尋ねると、老女は即答した。「いいえ、たいへんなことばかりよ」と。

「でもね、楽しかった」

わずかにうつむきながら付け足す様子は、かわいらしかった。

契約満了の日もスルガは入院していて、誰にも叱られることなく、一日が平穏に終わった。スルガにお礼のメールを送るのが、そこでの仕事の最後になった。
退職のお祝いに、大庭かおるがうちの最寄駅まで帽子を届けてくれた。
「よかった、間に合った」と彼女は深々と息を吐いた。
夏も終わりだというのに、何に間に合ったのかわからず、わたしは笑った。大庭かおるは、その足でロンドン行きの飛行機に乗り込むべく、空港へ向かった。ボストンバッグひとつの身軽な旅立ちだった。

　そして五年が過ぎた。

　わりに目まぐるしい日々を、わたしは過ごしている。

　バー『スプーンフル』を初めて訪れた夜、わたしに席を譲ってくれた男性と結婚した。

　子どもがふたり、生まれた。

　この世に魂がいくつあるのかはわからないけど、生と死は、きちんと同じ数しか起こらないことは実感としてわかる。どの一生も、その一度きりだ。

　結婚を機にあれこれと片付けていると、何年も前に更新をやめたブログを思い出した。自分史を赤裸々（せきらら）に綴（つづ）ったそのブログの文章で、いしかばは、わたしという人物を予習したのかもしれない。

　でもそれじゃスルガについての予言は説明がつかないし、そもそも真相なんて知りたいとも思わない。

　大庭かおるとは帽子をもらって以来、会えていない。

近ごろのわたしは、傍若無人な子どもたちの相手とやさしすぎる夫の尻を蹴るのに忙しく、周りを呪う暇もない。

あの呪文を口にすることも、もう、ないだろう。

たぶん、来世まで。

ゲイルズバーグ、春

話は二〇一二年一月、ぼくが大学一年の冬まで遡る。

ＳＮＳの受信箱に知らない人物からのメッセージが届いていた。

開いてみると、［春］という文字がひとつだけ。ほかには何も書かれていない。

送信者の名前はナナで、アイコンには数字の「7」があてられていた。

思い当たる知り合いもおらず、二〇〇近い「友達」の誰ともつながってなかった。

ナナのプロフィール欄は空白で、スパムの類だと放置しておいたら、二日後にまたメッセージを受信した。

［フィニイさん、高校のとき水泳部でしたか？］

中高とサッカー部だった。そんな個人情報を伝える義理もなく、［ちがいます］とだけ返した。そろそろ真夜中になるころで、パソコンの電源を落として寝た。

目を覚ますと、謝罪のメッセージが届いていた。

［知り合いが前に同じ名前を使っていたので、ついメッセージを送ってしまいました］とナナは釈明していた。［フィニイはもともと作家の名前です］とも書いてあった。知らなかった。

ぼくにとってそれは、幼馴染の飼う柴犬の名だった。

そんなやりとりから、ナナとの交流が始まった。

SNSを通じて交わす細切れな会話には、雨宿りで偶然おなじ庇（ひさし）を頼ったふたりを思わせる、慎（つつし）みと親しみがあった。

彼女はふたつ年上の二十一歳、アメリカに留学中の大学生で、出身は東京、それも新宿区だという。新宿など、まともな市民が暮らす街ではないと思っていたぼくは、「お嬢様」と茶化（ちゃか）した。

「いいえ、地味な古い賃貸アパートに暮らす庶民の一人娘、奨学金（しょうがくきん）を活用する一学生です」と彼女は反論した。

「こちらは福岡の団地に暮らす奨学金仲間です」とぼくも肩を並べた。

「私、九州に行ったことがありません。福岡を訪ねるなら、どこがオススメですか？」

メジャーな観光地に加えてぼくは、室見（むろみ）川の遊歩道を薦（すす）めた。

室見川の河畔（かはん）で毎日同じ位置で撮影する、いわゆる定点観測をぼくは高校時代から続けていて、変わり映（ば）えしない風景を、写真投稿サイトに毎日アップしていた。

撮影ポイントは、地下鉄室見駅から三〇〇メートルほど川をのぼったあたり。

昔、フィニイの飼い主といっしょに、二重の虹を見た場所だ。

川幅およそ一〇〇メートル。博多湾まで一キロほどの地点で、潮の干満にあわせて川の水位も極端に上下する。干潮時には川底がむきだしになって茶色のペイズリー柄を描くし、日によっては胸焼けするほど濃い潮の匂いが川岸を包む。春には潮干狩りを楽しむ人々が、水のはけた川へバケツを片手に入っていく。川のフリした細い海、そう呼ぶほうが正しい。

遊歩道は道幅がゆったりと広く、幅広い世代のランナーが走っている。

春には川沿いの桜が見事に咲き並ぶし、風はピンクのカーペットを敷いては剝がし取っていく。

福岡出身の歌手やバンドが歌に室見川を登場させたことで、そこを訪ねてくる巡礼者もいる。ファブヒューマンという古いバンドも、時間の流れをこの川にたとえたヒット曲を残していて、うちの親もカラオケの十八番にしていた。

大学のフットサルサークルの連中と真夜中に服を着たまま川に下りて水遊びしたり、マネージャーである先輩女子とベンチでキスしたりと、個人的な思い出も多い。

ナナは、ぼくが室見川の写真をアップし続けている投稿サイトを訪ねてくれた。

定点観測の写真ひとつひとつに面白みはないものの、まとめて鑑賞すると、時間を自在に行き来しているみたいだと、ぼくは思う。ナナも楽しかったと言ってくれた。

「室見川のお返しに」と、ナナも地元の隠れ名所だという四谷（よつや）図書館を教えてくれた。

新宿御苑（ぎょえん）に隣接するビルに入った施設で、上階にはホールもあり、そのロビーからは新宿御苑を一望できる。夏には神宮外苑の花火大会も見物できるそうだ。

「高校のときからよく行ってた。ゆっくりできるから、東京行ったら寄ってみてください」

彼女の言葉に「そうする」と返事をしたものの、神宮が球場であることすら、ぼくは知らなかった。本をあまり読まないし、図書館も縁遠い場所だった。とはいえ、文章そのものが苦手というわけではない。きっかけがあれば簡単にのめりこむ性格だし、ナナとのやりとりがはじまったころは、スパムメールを収集することがちょっとした趣味になっていた。

ある日、スマホに届いた迷惑メールをナナにも転送した。差出人は「神」だった。

神です。

先日、魔法の言葉を落としてしまいました。

見かけたり、拾ったりしていませんか？

苦しいときに唱(とな)えれば、あなたもきっと救われる言葉です。

考えてみてください。

そして思い出したら、このアドレスに返信を。


文面を読み終えたナナは、感想ではなく、質問を投げかけてきた。

「神様が探してる言葉ってなんだと思う？」

サークルの友人たちには見られなかった反応で、ぼくは面食らったものの、しばらく考えて、自分なりの答えを出した。

「謝罪に関する言葉じゃないかな」

「どうして？」

「神様が謝るところとか想像つかないから」

すこしの沈黙のあとで、ナナはこう打ってきた。

「そうだとしたら、私も謝れないままの経験があるから、魔法の言葉を知りたいです」

　まさかの真剣な反応に、ぼくはうまく応えられずにいた。しばしの間を挟んで、こう打ち返した。

「どっちにしても、送る相手まちがえてんだよ」

　すると彼女は、こう返してきた。

「だとしても、こうやって巡ってくうちに、願う相手に届くかもしれない」

　チャットのウインドウを閉じて考えた。

　魔法の言葉。

　ぼくにとっての。

　思いつかなかった。

　座右の銘だって持ちあわせがない。映画の名台詞や好きな曲の歌詞を浮かべても、人生に変転をもたらすほどのものじゃない。

　強いて挙げるなら「フィニイ」という名前がそれに値する気はするものの、思い出すどころか自分で「フィニイ」を名乗ってもいるのに、救われてなんかいない。旧友にまつわる事情は、好転の兆しすらなかった。

［謝れないままの経験があるから］

誰にでも、そういう経験はあるだろう。ぼくにもあった。

幼馴染の椎名は、近所の一軒家に住んでいた。

柴犬のフィニイは椎名と同じ年の同じ日の生まれ。誕生日が同じ犬と暮らせば子どもは強く育つ、という説に従って椎名の親が見つけてきたのだそうだ。

ぼくらは同い年で、幼稚園からいっしょ。送迎バスでも隣同士に座った。右手を顔の横に持っていき、人差し指と中指の二本を立てて、前後に小さく振るのが、ぼくらだけの挨拶のやりかただった。毎日夕暮れまで遊んだし、椎名の家の冷蔵庫内の食品の配置だって熟知していた。

椎名は手足が細く、パン生地で人型を作ったものの焼くのを忘れられたままみたいに色白だけど、運動のセンスとスタミナは群を抜いていて、サッカーチームでも中心にいた。気がつくとボールは椎名の足にあった。ボールの方も彼を好いているみたいだった。

ジャングルジムから落ちたり、自転車でウイリーを失敗したり、始終どこかに怪我を負っていたけれど、本人はくしゃみ程度にしか感じないらしく、殺しても死ななさそうだと、みんなに不死身扱いされていた。

幽霊や超能力や宇宙人なんかの不思議な話を、好んで収集する一面もあった。

たとえばジャガイモを見るたび思い出す、こんな話も椎名に教えられた。

「旅先で指輪を失くした女性が、数年後にレストランでベイクドポテトを食べようとしてジャガイモを割ったら、中から失くした指輪が出てきたんだって」

「まさか」と疑うぼくを、椎名は諭した。

「そんなこと言ったって、いまここにあるものが、たとえばこの消しゴムも、このチョコレートも、もとの素材はなんで、どうやってここまで来たか説明できないだろ？　室見川の水だってもとは海から来たもので、あるときは雨だったり、ジュースだったり、涙だったりするんだから」

「フィニイのおしっこかも」とぼくは茶化した。

「もちろん」椎名はむしろ嬉しそうに認めた。

ある春の雨上がり、散歩の途中に椎名が空を指して声をあげた。見ると、海上に大小二本の虹が架かっていた。内側の小さな虹はくっきり美しく、それを抱え込む格好の外側の虹はふたまわりも大きくて、色は薄ぼんやりしていた。

それからというもの、二重の虹の再来を願って、ぼくらは空を見渡す癖がついた。

期待はかなえられなかったけれど、椎名と過ごす時間は、たとえ空振りに終わったとしても、あっけらかんと笑えるものだった。

そんな日々が一変したのは、小学三年生の、夏休みも最後の週。

八月の後半を千葉の親戚宅で過ごしたぼくは、福岡に帰るなり荷物も解かず、椎名を訪ねた。

庭の定位置にフィニイがいないことに、真っ先に気づいた。リードも見当たらないので散歩に出ているのかと考えたものの、小屋の中に敷かれているタオルまで消えていることに気づくと、不安が、風船みたいに膨らんでいった。

旅行へ出かける前日、フィニイは体調を崩していた。目玉がドライフルーツになりそうなくらい暑い日が続いていた。ぼくたちはみんな九歳で、九歳の犬だけは老人だった。

死なない、死なない、死なない。

へばったフィニイを撫でてはまじないみたいに唱えていた椎名の姿が思い出さ

れ、不吉な考えが余計に重くのしかかってきた。

玄関を開けて「しいな！」と声を張り上げた。言い終わるより先にサンダルを脱ぎ捨て、おみやげを玄関に置き去りに、それこそ犬みたいに両手も使って、傾斜のきつい階段を駆け上がった。

椎名は自分の部屋で細長い足を床に投げ出し、窓辺に座っていた。こちらを見もせず、右手を持ち上げて指を二本立てると、無感情に、ぼくらだけの挨拶をやってみせた。

「フィニイは」と尋ねると、「いない」と返された。

ぶっきらぼうな態度にぼくも腹が立って、「なんでだよ」と詰め寄った。

ぼそぼそと告げられたのは、「親戚にゆずった」ということだった。

フィニイが死んでいないことにほっとしてもよかったのに、ぼくは余計に混乱し、なんで、なんで、と怒鳴りつづけた。

椎名は顔を真っ赤に染め、ぼくをつきとばした。

それまでだって喧嘩はあった。

だけど、あれほど断固たる拒絶を受けたことはなかった。

ぼくはもう二度と椎名と会わなくても構うものかと、捨て鉢な気分で団地に走って帰った。

向こうから謝ってくるまで許さない覚悟だと、帰るなり親にも宣言した。

そんなガキっぽい強がりに、酔っていたのだろう。

休みのあいだにばったり会ってしまうことを恐れて、八月の残りは自宅でゲームに没頭した。

椎名一家がどこかへ引っ越したと知ったのは、二学期最初の朝だった。

「急に決まったことで、夏休みだったし、椎名くん本人も、さよならを言うのは苦手だからと話していました」

担任からもたらされたその言葉を、椎名の口から聞けていれば。悪いのはぼくだと、悔やまずにいられただろう。最後に会ったとき、フィニイのことばかり気にして、椎名の事情を聞こうともしなかった。

「入居者募集」の貼り紙が掲げられた一軒家にはカーテンもなく、ガラス越しの室内は濁って見えた。がらんとした家は、ぼくの心境そのものだった。

いつか手紙のひとつでもくれるのでは、という期待は空振りを続けた。

冬が来て、椎名の家は解体され、更地が現れた。

思い出は面積で測るものじゃない。だけど、家屋の消えた土地はひどく狭かった。かぞえきれない思い出がそこで生まれたとは信じられないくらいちっぽけな場所に見えた。

本物の兄弟なら、喧嘩のあとでわざわざ謝ったりしなくても、いつのまにかまた仲良く遊んでいるそうだけれど、ぼくらは互いに一人っ子で、よその子だった。わかりきっていた事実が、野に放たれたライオンよろしく、ぼくを食い荒らした。

あの夏の日、椎名に会わないと親にまで宣言したのは、椎名の家までぼくの怒りが届くことを期待していたから。

自宅でゲームばかりしていたのは、椎名がいつ謝りに来てもいいようにだった。

そんなのは、ぜんぶ後付けでこしらえた言い訳だ。

どうして仲直りしなかったんだろう。

後悔は黒雲みたいに広がってゆき、ぼくを覆った。生涯、その影に囚われていくのだと諦めた。

これもまた子どもっぽい思い込みだった。

一年が過ぎるころには、椎名を思うことも減っていた。成長するにつれて、それが普通の変化なのだと信じられるようになった。

人は、後悔を食べて生きてはいけない。

単純な事実だ。

忘れることは罪じゃない。それに、どうしたって完全に消去できるわけでもない。

後悔とセットになった別れは、椎名とのものが最後というわけではないけれど、いくつになっても思い出すのだから、ぼくにとってよほど特別なのだろう。

友人と馬鹿騒ぎしているときやフットサルの試合中なんかに、背中を指でトンと突かれるような感覚があって、心が無重力になったその感じは、いつもゆるやかに椎名の記憶へと流れ着く。忘れたのじゃなく、地層のひとつとして、ぼくの土台に近いところに椎名は残っていた。

おかげでぼくは、前向きな人間に育った。

なんであれ、やっておかなければ手遅れになる。

「いま」という奴は、決して我慢強くない。

こちらを振り返ることなく、先へ先へと進んでいくのだから。

ナナがぼくを発見したのは「フィニイ」で検索をかけたからだと知って、ぼくも椎名の名前を分解したり、昔のアダ名を試したり、思いつく限りの変化をつけて検索してみた。期待は空振りに終わった。

自分がSNSのニックネームに「フィニイ」と登録したのも、椎名に見つけてほしいからじゃないかと思えた。旗を振って「ここだよ！」と訴えるように。

その声は、誤ってナナに届いたわけだ。

春が来て、川沿いの遊歩道に並んだ桜の木々も、つぼみを太らせはじめた。「もうすぐ花見客で賑わうよ」という一文とともに、ある朝の写真をナナに送った。
彼女のほうからもイリノイ州の街並が送られてきた。ゲイルズバーグという名前の町に彼女は暮らしていた。美しい並木道に沿って並ぶ、ウェハースで作ったような建物たち。風が吹けば端から砂になって飛ばされていきそうな郷愁に満ちた風景に、春らしさはなかった。晩秋のようだけれど、その日撮ったばかりだとナナは説明していた。
そこでぼくは写真データを加工ソフトに放り込み、撮影情報を確認した。

日付は確かに三月下旬だった。

だけど西暦は、二〇一四年。二年も先のものだった。

その異常に、すぐには気づけなかった。答えそのものを目にしているのに、それが意味するところを把握できず、感じるのは「なにか引っかかる」という漠とした違和感で、その原因が西暦にあると発見するまでに、一分はかかっただろう。

ぼくはナナにこう送った。

「カメラの時計、ずれてない？」

即座に返事が入力された。

「時差でしょ？」

ナナの返信を冗談だと認識したぼくは、こう返した。

「２年も時差があったら大変！」

「２年？」

「２０１４年になってない？」

「だって、２０１４年だから」

「いま２０１２年」

「え？　え？　ごめん、笑いどころがわからない」

ぼくには彼女の反応のほうがわからなかった。

ちぐはぐな言葉をいくつかやりとりしたあとで、ナナはキレた。

［いいかげんにしてよ、ぜんぜん面白くない］

一方的に、チャットは終了された。

デジカメの撮影情報の書き換えは難しくない。

彼女にかつがれたにきまっている。

そう思うと、遅ればせながらの怒りがこみ上げてきた。

数日が過ぎ、桜が満開を迎えても、交流は再開しなかった。

このままフェイドアウトだと思いはじめたある日、コンビニのバイト仲間がスパムメールを転送してくれた。

宇宙放射線の異常を利用して2年後の世界からメールを送っています。
宝くじの当選番号を教えるので2年後に山分けしませんか？
まずはこちらのメールに返信してください。

バイト仲間は理工学部に通う草野という男で、いつも眠たげで笑うことがなかった。

驚いたことに、彼はそのスパムに返信したという。「なのに一向にリアクションがないんだ」と不満気に漏らした。

「え？　マジで返信したわけ？　どう見たってスパムじゃん」

「宇宙線が電子機器に影響を及ぼすことは判明してるし、時間のねじれだって理屈としては大真面目な話だから、スパムかどうか別として、理論上はありえる」

その理論とやらを口頭で説明してもらったけれど、よくわからなかった。飲み込みの悪いぼくを前に、面倒くさそうな態度で草野は付け足した。

「俺にとっては、信じてもいい話だったってことだよ」

ぼくはナナにもう一度、メッセージを送った。

「冗談やいたずらではなく、もちろん詐欺の類でもなく、ぼくは２０１２年に生きてます。信用されないのも無理ないけど。ぼくにしてみれば、２０１４年のほうが信じがたい。だからひとつ頼みがあります。２０１２年４月１日の福岡の天気、最高気温、湿度を教えてください」

宝くじか競馬の結果でも調べてもらったほうがこちらとしては一石二鳥だけれ

ど、それではあちらの不信感を上積みするだけだと考えて選んだのが天気だった。彼女が本当に未来にいるのなら、過去の天気を調べるくらい造作（ぞうさ）もないだろう。それに、宇宙線は無理でも、天候くらいならぼくにも理解できる。

　ナナから返事をもらったのは三月三十日だった。

「正直私も、信用できずにいます。このまま無視するなり、友達リストから排除するのが正しいのでしょう。でも、もしもすべてが本当ならば、こちらからもひとつお願いしたいことがあるから、まずは私から答えます。２０１２年4月1日、福岡は晴れ。最高気温は13・5℃。湿度は34％です。それだけだと足りないかもしれないので、当時のニュースをひとつ、つけたしておきます。往年の人気バンドであるファブヒューマンが再結成します。もちろん、菅野（かんの）ヒカリ抜きで」

　二日後、情報の正しさが証明された。福岡は晴れ。最高気温13・5℃。湿度は34％。ファブヒューマンの再結成が報じられると、ぼくの父もチケット争奪戦に参加するのだと意気込んでいた。

　確認した旨（むね）を伝えると、ナナは「お願い」と題したメッセージを送ってきた。

　長い、長い文章だった。

お願いというのは、高校のときの友人に連絡をとってほしいのです。今はもう取り返しがつかないけれど、2年前ならまだ、なにかできるかもしれないから。

不可思議な出来事で、どこから説明すればいいのかわかりませんが、やってみます。

高校2年生のころ、フィニイという名を使った転校生に、私は恋をしました。

水泳部で、海ヘビのようにスルスルと泳ぐ姿が印象的でした。

運動もできるのに図書室の常連で、頭の中で言葉が洪水しているのか、会話もあちらこちらと飛び跳ねて、人を楽しませることに長けていました。

彼の家がひどく貧しいことは、みんなが知っていました。だけどフィニイはそれをまるで感じさせず、児童文学の主人公みたいにいつも朗らかでした。

放送部員だった私は、放送室の隣にあったパソコン室の鍵も自由に使えました。

自宅にパソコンもなく、携帯も持っていないフィニイが「ネットを勉強したい」と相談してくれたとき、断る理由なんてありませんでした。

放課後、あるいは早朝に、彼とふたり、パソコン室で過ごしました。

「フィニイ」の名で無料のアカウントを取得し、メールアドレスも用意してあげました。

そこから私たちは、実地訓練と称して、メールもやりとりするようになったのです。パソコン室から彼が送ったメールを、帰宅した私が自宅で読み、それにまた返信する。返信したメールを彼がまたパソコン室で読む。毎日顔をあわせているのに、そんな交わり方がとても楽しかった。

やがてフィニイは合言葉を提案してきました。

パソコン室に入るときなどに片方が「ゲイルズバーグ」と言ったら、もう一方が「春」と返す。

それは、彼がハンドルネームに用いた作家、ジャック・フィニイの短篇集『ゲイルズバーグの春を愛す』からとったものでした。

その本を読みたいと思ったのですが、高校の図書室にはありませんでした。そこでフィニイが四谷の図書館に誘ってくれたのです。自宅から自転車で行ける距離なのに、そんな場所を、私は知りませんでした。

パソコン室での密会は半年ほど続き、四谷図書館で休日をともにしたことも何度かありました。

ある秋の日、彼は学校に来なくなりました。

部活の顧問も、親しかった男子たちも、何も知らされておらず、親の都合で引っ越したという情報はありきたりで胡散臭く、噂ばかり増えていきました。

やくざになった。

借金返済のため船に乗った。

殺しを請け負って逃亡した。

ひとつひとつは悪趣味な笑い話でしたが、数を重ねるうち、私の知っているフィニイのほうが嘘に思えてきました。あんなに親密にメール交換したのに、思い返してみると、彼の家庭についてはなにも知らされていませんでした。様々な話題を次々乗り換えることで、他人からの詮索の目を逸らす、そのためのフィニイなりの処世術だったのかもしれません。

卒業アルバムにも彼の写真はひとつもなく、忘れることに私も決めました。

そして去年、２０１３年の8月に（そちらではあと1年以上先の出来事、ということになると思います）、フィニイからメールが届きました。

差出人のアドレスは、私が取得と設定を手伝ったものにちがいありません。

件名には「４.７」とありました。

フォー、ナナ。つまり私に宛てたもの、と解釈しました。

本文には一言、［ゲイルズバーグ］とだけ。

別人のいたずらではないかと疑いながらも返事を送りました。

どうして何も言わず消えたのか、あなたが本物なら、いまどこでなにをしているのか、ちゃんと教えてほしい、と。

返事はきませんでした。

もしかすると噂は本当で、まともな筋では連絡もとれないほど、困難な状況に追い込まれていたのかもしれません。だとすれば、突然のメールも、必死のSOSだったかもしれない。メールを送ったことがばれても、それだけでは意味を成さないものを、わざと送信したのかもしれません。

それなら私は責めるような問いかけではなく、［春］とだけ返すべきだった。

鍵を開けて待っていることだけを、彼に伝えるべきでした。

後悔とともにメールを送り直しましたが、二度と返信はありませんでした。

馬鹿げた妄想であることはわかっています。三つの点が人の顔に見えるように、私は、自分が見たいものを見ているだけなのでしょう。

いたずらにきまってる。

そう思うのは難しくありません。

でも、真実が見えないときには、後悔が、最も本当らしく見えるものです。

だから、ＳＮＳで「フィニイ」という名を目にしたとき、私は衝動的に［春］と送りました。失敗を取り戻すつもりでした。

おぼえてますか？

あなたにです。

あなたがフィニイその人で、私をからかっているのかもしれない、それとも罰しているのかもしれないと、何度も考えました。

もしもそうなら、ほんとうにごめんなさい。

あなたが私の知るフィニイでないのなら、そして２０１２年にいるのが本当なら、その時代の私を訪ねて、こんどこそメールへの返信を間違わないよう説得してもらうべきかもしれません。

でも、２０１２年の私は、こんな話を信用しないでしょう。

訪ねてもらっても、あなたを不愉快にさせて終わるだけかもしれません。

だから、もしほかになにか、あなたに迷惑のかからない方法があるのなら、いっしょに考えてください。

ナナからの長いメッセージをプリントアウトして持ち歩き、大学でもバイト先でも読み返して方策を練った。

二〇一二年のナナに訴えるのがうまい方法とはぼくも思えなかったけど、一度、彼女を訪ねてみる価値はありそうだった。すくなくとも、ナナが実在するか確かめられる。まずは電話でもかまわない。そこが取っ掛かりだと決め、彼女の実家の番号を教えてもらおうと考えた。

バイトを終えて自宅に戻ったぼくは、早速パソコンを起動させた。いつものSNSにアクセスすると、ナナのアカウントが消えていた。

二〇〇を超える友達リストを、目で何往復もした。

彼女とのチャット履歴(りれき)も消えていた。相手のアカウントがなくなったのだから、履歴が消えるのは当然だ。

メッセージのテキストは残っているのではないか、という期待もはずれた。彼女とのやりとりは、すべて、テキストが文字化けしていて、復元もかなわなかった。まるでスパイ映画だ。事前に設定された時刻を迎えると、自動的に消去されるメッセージ。

ナナとの交信をかろうじて事実だと思わせてくれるのは、印刷した文面と、ゲイルズバーグの、ノスタルジックな街並を切り取った写真データだけだった。

ナナとのことは誰にも話さなかった。自作自演と笑われるに決まっているからだ。

一方で、彼女のアカウントが再登場する日を期待して、毎日、ＳＮＳの友人欄を定点観測した。そうして、何事もなくひと月が過ぎた。

だんだん、自分の頭がおかしい気がしてきて、誰かに相談せずにいられなくなった。

五月半ば、バイト終わりに草野を飯に誘い、定食屋のカウンターでぜんぶ打ち明けた。証拠として、ナナとのメッセージを印刷した紙を渡した。彼は決して笑わなかった。

「どう思う？」ひととおり話してから、ぼくはお茶に手をのばした。

「時空を超えて交信する話はよくある。めずらしくない」

「フィクションじゃないんだって」

「まあ聞けよ」草野は、サービスの漬け物を小皿に山盛りにしながら語った。「この話がぜんぶ事実だと仮定したうえで現状を考えると、あっちのアカウントが消えたのは、時間の交差期間が終了したから、っていうのが順当なところだと思う。もうひとつの可能性としては、単純に向こうがアカウントを削除したからだ」草野は高菜漬けを箸にたっぷり挟んで口に運んだ。「前者ならSF、後者なら現実。運営会社に調べてもらえば真相を突き止めることもできなくはない。でも、通常、個人からのそういった申し入れは受け付けてもらえないから、現実的じゃない」

「そっか」

ひとりごとみたいに返すぼくに、ひとりごとみたいに草野は訊いた。

「かわいい子？」

草野の口から色恋を思わせる台詞が聞けるとは予想もしておらず、だけどツッコミを入れるには心に余裕がなかった。

「顔知らないって。フルネームだって聞き忘れてるし。てか、そういう興味と違うよ。彼女と似たような経験があるから、気になって」

口をついて出た言葉だったけれど、自分の発言でぼくは心を決めた。

ナナを助けることで、椎名に対するぼく自身の失態を帳消しにできるわけではないが、ここで知らんぷりを決め込むのは避けたかった。

「ナナが探している人物の本名は？」

草野は痛いところを突いてきた。長いメッセージは何日かに分けて送られてきた。途中で質問を挟んでいいか迷って、よしておいた。半端な気遣いなどせず、尋ねておけばよかった。

「そんなに会いたい人のこと、あだ名でしか書かないのもおかしいな」と草野は付け足した。ぼくも同意見だったが、ナナもそこに思い至らないほど必死だったのかもしれない。

草野に礼を言って帰宅したぼくは、椎名との思い出の品を引っ張りだしてきた。透明なプラスチックの薄板に、ペンギンのイラストがあしらわれた栞だ。椎名が消えた、あの夏休み。千葉の親戚のうちへ行くときに、椎名から借りた本に挟まっていたものだ。旅先で栞に気づいたぼくは、それが椎名のお気に入りだと知っていたから、福岡に帰ったら忘れずに返すつもりでいたのに、つまらない喧嘩のせいで、その機会も逃してしまった。借りた本は、なにかに紛れて捨ててしまった。

琹は、ぼくらが「タイムマシンのひきだし」と呼んだ、学習机の、いちばん大きなひきだしに保管しておいた。いつか、椎名と再会できたなら、そのときに返そうと。返して、謝ろうと。

格安航空券を手配し、千葉の叔父に泊めてくれるよう頼んで、五月最後の金曜日、東京へ出かけた。

空港から新宿に直行した。

新宿御苑そばの区民センターは一三階建てのビルで、七階に図書館があった。九階の窓からは広大な公園を見下ろせた。

ナナの話ぜんぶが事実なら、二〇一二年の彼女はぼくと同い年で、東京の大学生のはずだった。

手がかりはそれだけ。

図書館の職員に質問するにも、年齢と「ナナ」という名前だけでは情報が少なすぎる。

ぼくにできることは、ジャック・フィニイの本を読みつつ、ナナが現れるのを待つだけだった。冷静に考えれば、無謀な試みだった。

「もし会えたとしても、声をかけたりするな」と草野に釘を刺されていた。仮にナナと会えたとして、ぼくがすべてを話して聞かせたら、歴史が変わる。未来のナナを助けたいのなら、二〇一四年四月以降に機能する方策を考えろ。そんなアドバイスだった。

入口に近い椅子に座って、初日から、慣れない読書に勤しんだ。フィニイはSF作家であり、不思議で、難解で、過去への郷愁に囚われたような作品が多かった。

文章にくたびれると、本にペンギンの栞を挟み、頭をあげて周囲の人を観察した。

同世代の女の子は、あまりいなかった。それらしい女性に声をかけたが別人で、そのままお茶に誘ったけど、あえなく撃沈した。

閉館間際、女性司書にナナという女性は来ないか尋ねると、そういった質問には答えられないと、怪訝な目を向けられた。首筋に目立つほくろのある、目の細い女性だった。

友人たちには東京で遊んでくると伝えていたし、夜くらいは遊ぶつもりでいたけど、図書館で気を張りすぎて疲れてしまい、まっすぐ叔父さん宅に戻った。

二日目も読書に費やした。

昨日の女性司書がちらちらと、こちらを警戒している。

ぜんぶ意味のない冗談だという疑念が募(つの)りだしていた。

ナナなんて存在しない。

あれは手の込んだスパムで、間抜けなぼくは、まんまと遊ばれている。

書棚の陰で笑っている人がいないか、隠しカメラはないかと、きょろきょろした。

午後にフィニイの『愛の手紙』という作品を読んで、疑いはさらに確信へ近づいた。

その物語の主人公は若い男性で、中古で買った机に隠し抽斗(ひきだし)を見つける。開けてみると、前の持ち主が書いたのであろう手紙が一通現れる。手紙を読んだ主人公はイタズラ心で返事をしたため、数十年前から同じ場所にある古いポストに投函(とうかん)する。数日後、べつの隠し抽斗にべつの手紙を見つける。そこに書かれていたのは、彼が投函した手紙への返事だった。

八十年の時を超えた不思議な愛の交流。これが答えだと、ぼくには思えた。

ナナを名乗る人物はジャック・フィニイの愛読者で、彼の作品を現実で模倣（もほう）したかった。ハンドルネームに「フィニイ」を用いるぼくのような人物なら、不思議な出来事も信じたがると踏んだに違いない。

女性司書が近づいてきて、人を探しているのかと訊かれた。連絡のつかなくなった旧友が四谷図書館に来ているらしいと人づてに聞いたので待っていると説明すると、大庭（おおば）という名の司書は納得した様子だった。

三日目。

図書館前まで来たものの中に入る気になれず、新宿御苑にまわってみた。

だだっ広（ぴろ）い公園を歩きまわると、草木のにおいが、絹のような風のゆらぎに乗って火照（ほて）った頬（ほお）を撫でた。ベンチに腰を下ろし、芝生（しばふ）に寝そべる木々の影が次第に角度を変えていく様を、見るともなく見ていた。

この場所は、きっと何年も同じ風景をとどめてるんだろう。

そう思うと、すべてがいたずらではという疑念も、そよ風に流れていって、いまにも隣のベンチにナナとフィニイが現れそうな気分になった。

ここを訪れた高校時代のふたりは、どんな言葉を交わしただろう。

「ゲイルズバーグ」

「春」

隣にいるのに、合言葉もないか。

自分の思いつきのくだらなさに頭を振り、何か見落としがないかと、バッグからメールをプリントした紙を取り出した。

件名の「4．7」を、ナナは「フォー、ナナ」と読んだ。

これが暗号だとすれば、ほかにどんな解読が考えられるだろう。

日付はどうだ？

四月七日だ。

メールが送られてきたのは二〇一三年の八月とある。いちばん近い四月七日は二〇一四年。八ヶ月も間があいている。ずいぶん気の早い仕込みだが、その日、なにがあるのだろう？　本文に書かれた「ゲイルズバーグ」の言葉を思い返し、それがふたりの合言葉であることも蘇ってきた。つまり、フィニイはその日、母校のパソコン室へ来るよう、ナナに伝えたかったのかもしれない。

その着想は、なかなか説得力がある気がした。

だけどその日、ナナはもう、アメリカにいる。フィニィはそのことを知らない。それとも知ってたのだろうか。姿を消したあとも陰からナナを見守って、留学も把握していた。可能性はある。あるけれど、それならこんな意味不明のメールを送るだろうか？

4、7。

べつの解読法をぼくは探した。

よん、なな。

よん、なな。

しい、な。

椎名。

それは、まったくの不意打ちだった。しかし、そうとも読めることに気づいたぼくは静かな興奮を抑えきれなかった。そればかりか、涙がこぼれるのを止められなかった。深すぎる後悔は、ちょっとしたトゲも鋭利な刃物に仕立ててしまう。椎名とまるで関係ないのに、あるいは、だからこそ、突然の連想は強烈に胸へ迫ってきた。

小学生のまま更新されない幼馴染の顔を頭から追い払うため、ベンチを離れて御苑の中をまた黙々と歩いてまわった。

景色など、目にも心にも留まらず、足早に芝生を突っ切った。

4、7、4、7、4、7。

数字を唱えながら御苑を一周しても、名案に行き着くことはなかった。いくら「よん、なな」と頭で唱えても、気づくと「しいな、しいな」と呼びかけていた。

足を止めて顔をあげると、区民センターが見えた。

四谷図書館。

図書館は七階にある。

四谷。

七階。

4、7。

ゲイルズバーグ。

ピースがあるべき位置にはまりこんでいく感覚が、頭の中に刻まれていった。

メールが指しているのは、あの本に違いない、と。

図書館へ急ぎ、『ゲイルズバーグの春を愛す』の文庫をまた引っ張りだしてきて、変わったところはないか、目を皿のようにして確認していった。

鉛筆での書き込みやページ端の折れ目を探した。

四七ページを開き、続けて四ページと七ページを、ひと文字ずつチェックしていった。

そのころには、ひらめきとともに着火された興奮と確信も、ずいぶんしぼんでいたように思う。

途中から、なにもあるはずがない、と考え始めていた。

落胆(らくたん)の準備運動だ。

なにもない、なにもないと自分に刷(す)り込んでおけば、実際になにもなかったときでも、ダメージは少なくてすむ。

案の定(じょう)、なにもなかった。

深く、長く、息を吐(は)いて、ぼくは本を閉じた。

ほら、と納得するように考えた。

仮にぼくの推理が正解で、ナナのいうフィニイがこの図書館を訪れるのだとしても、まだ、なにもあるはずがない。ナナに突然のメールが届くのは二〇一三年八月のことで、ぼくが四谷図書館を訪れているのは二〇一二年五月だ。フィニイがここへ来るには、まだ一年以上も待たなくてはならない。

それに、図書館の蔵書は不特定多数の人の手にさらされる。そこにメッセージを託すのなら、一年も放置するはずがない。相手に報せる直前と考えるのが自然だろう。

さながらぼくは、事件発生前に現場へ到着した間抜けな探偵だ。まさか自分で事件を起こすわけにもいかないし、と考えたところでひらめいた。

叔父にパソコンを借り、ナナと自分の交流を文章にまとめた。

真実であることを強調すると言葉の数は増えていく一方で、なおさらつくりごとめいて見えた。一転、こんどは文章を減らすのに苦闘した。

無料ブログに新規登録して、書いた文章をアップした。

翌日も図書館に出向き、『ゲイルズバーグの春を愛す』をまた頭から読んだ。

その夜の飛行機を予約していたので、ナナに会えるとすれば最後のチャンスだった。

司書の大庭さんがランチに誘ってくれた。彼女のほかにぼくを気にかける人は無く、空港へ向かう時刻になった。

　用意してきたメモ用紙を書棚の陰でそっと忍ばせ、文庫本を元の位置に戻した。それにはこう書いておいた。


フィニイさん。あなたがナナに送るメールは、うまく伝わりません。その理由と経緯は、このＵＲＬにアクセスしてもらえば、わかっていただけると思います。だからなにか、別の方法をとってください。

これを読んでいるあなたがフィニイさんでなければ、どうか、このメモを挟んだままにしておいてください。いたずらと思われるかもしれませんが、お願いします。

もしもあなたがナナなら、勝手にこんな文章をアップしてごめんなさい。ほかに思いつかなかったのです。許してもらえるなら、いつか、会いにきてください。そしてどうなったのか、教えてください。


　ペンギンの栞を失くしたのに気づいたのは、福岡に戻ってからだった。メモを仕込むのに緊張しすぎて、同じ文庫に栞を挟んでいたことを失念していた。再会の日のためにとっておいた栞なのに、これでまた椎名に謝ることが増えた、と思った。

学生生活は従来のそれに戻った。

友人たちに恵まれ、恋愛を味わい、わからないことは検索窓に入れてみる。そうしてときどき、椎名を思い出す日々。

例のブログにはひと月に五、六回の訪問者があった。解析データによると「フィニイ」をワード検索して訪れる人がほとんどだった。ナナからのコンタクトを想定して、コメント欄も承認制で受け付けてはいたものの、一度も利用されることなく二〇一二年は終わり、二〇一三年を迎えた。

草野の推測によると、ナナに届いたフィニイからのメールは無意味なもの、ということだった。

高校のパソコン室でメールソフトの扱いを学ぶなか、「送信予約」の手順を試すかなにかして、削除し忘れたものだろう。4と7を「フォー、ナナ」と読んだのは、フィニイとナナのあいだで、そういうやりとりが過去にあったからに違いない。

「そうでもなければ、こんな文章を書く女が、そんなロマンチックな読み方をすると思えない」

草野の見解は、真実であればがっくりする類のもので、その残念さゆえに真実らしくもあった。

それでもぼくは、いまくるか、いまくるかと、フィニイ、もしくはナナからの連絡に胸を膨らませていた。

ナナがフィニイからのメールを受信するはずの二〇一三年八月、ぼくの期待は、ピークに達した。

四谷図書館で例の文庫を手にとったフィニイが、ぼくの仕込んだ文章を読む。彼の心が、驚愕に包まれる。そして、暗号めいたメールなどやめて、直接、ナナの家まで会いに行く。

ドラマチックなＢＧＭまで聞こえてきそうな想像を、ぼくは脳内に展開させ、それが現実になることを心から祈った。

再会を果たしたフィニイとナナが、ぼくという人間の存在を知り、自分たちの運命を知っていたこいつは何者なのかと話し合い、ブログのコメント欄を通じてコンタクトを取ってくるに違いない。

そこでようやく自分の失態に気がついた。もしも本当にフィニィが現れて、ぼくの助言に従い、べつの方法でナナに連絡を取ったなら、歴史が変わってしまう。フイニイとナナは再会するかもしれないが、それはぼくとメッセージを交わしたナナではない。手遅れでないことを祈りながらブログに追記した。八月に送るメールの件名と本文を指定し、それ以上のアクションは二〇一四年四月以降にすること、と。

十月ごろまでは、そわそわしていたものの、何の進展もないまま師走（しわす）になり、サークルの合宿でどんちゃん騒ぎするうちに、期待はしぼんでいった。

二〇一四年を迎えるころには、すっかり諦めていた。

なぜなら、ナナは二〇一三年の秋からアメリカに渡っている。

そんな人物が実在するならの話だけれど。

二〇一四年四月。

よく晴れたその朝も、ぼくは定点観測に出かけた。

桜も満開の絶頂を過ぎ、春の風に花びらが舞っていた。

ぼくは定位置に三脚を立て、カメラを設置した。

中腰でファインダーを覗いてタイミングをうかがっていると、花吹雪の奥から、一組のカップルが遊歩道をこちらへ歩いてくるのが見えた。

シャッターにかけた指を宙に浮かせて、ふたりが通りすぎるのをぼくは待った。

近づいてくるカップルは、揃ってぼくのカメラを見ていた。

だんだんと表情が読めるようになってきた。

ファインダーから顔を離し、肉眼でふたりを見た。

ひょろりと細長い手足に、赤ん坊めいた白い肌。出鱈目にパーマをかけられたような、強い癖っ毛。

むこうも、ぼくを見ていた。

まさか。

その一言しか、ぼくの頭には浮かんでこなかった。

むこうは確信といたずらに満ちた表情で、こちらに歩いてきながら右手を顔の横に持ち上げた。人差し指と中指の二本だけを立てて、前後に小さく振った。ぼくらのあいだだけで交わされた挨拶の仕草だ。

驚くぼくを前に、女性のほうも驚いたような表情を浮かべながら、会釈してきた。

椎名。

そう呼びかけようとしながらも、大きすぎる驚愕が喉につまって声が出せない。

ぼくの間近まで来ると、ふたりは足を止めた。

海風が強く吹いてきて、桜の花びらが盛大に景色にちりばめられた。

ナナとふたりでぼくを訪ねてくるまでには、ぼくが夢想していたのとはまるで違う物語があったことを、あとで聞かされた。椎名が好きだったオカルト話にも負けない、どこまでも不思議な出来事だった。椎名は、とある偶然から四谷図書館へ出向き、ぼくが文庫本に残したメッセージを受け取った。そしてブログの指示に従ってナナにメールを送った。そう、例の［4．7］のメールだ。そして四月になるのを待ってアメリカまでナナに会いに行き、SNSのアカウントを削除させた。ぼくが二年前に経験したとおりのことを椎名はそっくりそのまま再現した。いや、ぼくが再現させたのだ。

でも、そんな種明かしよりもまずはこれだろう、という顔で、幼い面影を見せつけるように笑いながら、椎名は言った。

「ゲイルズバーグ」

会ったらなによりもまず謝ると決めていたのに、ぼくの口から出たのは、謝罪と無関係の言葉だった。神様の探しものともきっと違うけれど、ぼくにとっての、それが、魔法の言葉になった。

「春」

神様の誤送信

どうやら俺は神だ。

気づいたのは十六のとき。ツイッターでのやりとりがきっかけだった。

ある人物が「宝くじ当たれ！」って書き込んでたから「当たるよ！」って書いてやった。そしたら当たった。高額当選したことを、そいつは短い感謝とともに書き込んだけど、具体的な額は遂に明かさなかった。誰かの「億？」って問いに「ふふふ」ってだけ応じて、アカウントごと消えた。

矛先は俺に向けられ、俺のツイートに「神通力宿ってる」なんて流れになった。

「内定もらえますように」

もらえるよ！

「ライブのチケット当たりますように」

当たるよ！

「彼と別れられますように」

だいじょうぶ

「猫がもどってきますように」

無理

「今夜はちゃんと眠れますように」

眠れるよ！

餅（もち）つきかってくらいテンポよく、答えてやった。

迷いなんてなかった。

名前も顔も事情も知らないのに、問いさえ目にすれば判断できた。

で、ぜんぶ的中。

やればやるほど研（と）ぎ澄まされて、答えが出るまでのタイムは縮む一方。占い界の、俺はスプリンターだった。

［長生きしたい］とか［宇宙行きたい］とかの長期戦な願望にも回答はしたけど、結果は知らない。ちなみに答えはどっちも［無理］だった。

冷やかしも含めて、ひと月で一〇〇を超える問いを処理した。

感謝や賞賛ももらったけど、願いどおりに事が運ばず逆恨（さかうら）みする奴もいた。

ネットで鍛（きた）えたおかげか、リアルの生活でも他人の悩み、不安、希望を耳にすると結果が見えるようになった。ややこしい問題はその限りじゃなかったけど、〇か×、イエスかノー、二択（にたく）問題なら正答率は一〇〇パーセントを割ることがなかった。

占いの件は、友人たちには隠しておいた。恨まれるのはディスプレイの中だけでいい。

自分の未来は見えなかった。

鏡に話しかけたり、友人に頼んで俺について質問してもらっても、ダメ。そういうものかと受け入れるしかなかった。

高校二年の五月のことだ。

友人の上田が、登校時から顔色が悪く、休み時間も口を半開きのまま席を立とうとしなかった。

「勉強しすぎじゃね？」と級友のひとりが冗談をかました。すると上田は、面長（おもなが）の顔をもっと長くしたがってるみたいに口を大きく開けっ放しにして、取り巻く俺たちを、じれったいほどゆっくりと見渡した。顎（あご）がそのままちぎれて落っこちそうだった。

落っこちたのは、上田の親父（おやじ）さんだった。

建設現場で転落して、前夜から意識が戻ってないという。

そんな情報がもたらされて、俺らまで神妙な顔になった。

「大丈夫だよな？」と上田は自問を声に出し、無理に頰をゆるめた。俺たちの方が気遣われているみたいだった。

大丈夫じゃなかった。

葬式のイメージが、俺には見えた。

祭壇に置かれた遺影は上田によく似た顔立ちのおっさんで、やっぱりそれは現実になった。

高校生連中が集まれば、どんな儀式だって台無しにできる。自分の父親の葬式だというのに、上田は俺らと馬鹿話をして笑っていた。「泣きすぎてわけがわからなくなった」と訴える上田に荷担するつもりで、パイプ椅子に座った男子連中は、木魚のリズムにあわせて鳩みたいに首を前後に動かし、イェー、イェーと無言のＤＪプレイを演じてみせた。

遺影は、イメージで見たのとそっくり同じものだった。

◯×くらいならいいが、ここまで具体的なイメージが頭に挿入されるんじゃ、たまらない。

占いまがいの行為を、それでやめた。

どっちにしても潮時だった。

ネットの方でも、「人の運命決めて面白いか」なんて批判が増えてきていた。運命決めんのは、あんたらだ。

バッターボックスに立つのはあんたらで、俺は観客席にしかいない。

そう反論もできたろうけど、たとえば「告白して付き合えるか」って問いに「無理」と教えたせいで、告白もせず諦めた奴がいたかもしれないわけだ。

誰が悪い？　引っ込めという野次を真に受けて、すごすごベンチにさがったバッター自身だ。それとも、野次を聞かなければ、引っ込むなんて思いもしなかったのか。

考えるほど、わからなくなった。わかったのは、ひとつだけ。

想像力なんて持ってるようじゃ、神様は務まらない。

「未来をカンニングしたがったのはおまえらじゃないか」

結局、そんな捨て台詞を吐いて、アカウントを消した。

東京の私大に合格して上京すると、ＳＮＳのひとつに登録して、占い師まがいを再開した。

一人暮らしで時間ができたことと、使わなければ力そのものが消えそうで、それはそれでもったいなかった。

前みたいに真実をずばずば告げたりせず、敢えて間違えたり、はぐらかしたりした。批判は無く、神と崇められることもなし。将来は占いでラクに稼げるかも、なんて夢想もした。

六月に、初めての合コンに参加した。試しに「俺、手相読めるんだ」と言ってみた。そしたら斜向かいに座ってたバンダナ女子が真っ先にくいついてきて、テーブル越しに左手をのばしてきた。

「一度は就職するけど壁にぶつかる、そのとき運命の相手が現れる暗示があるよ。多分、思った以上に歳上の男性」

出まかせだった。それでも場の空気は盛り上がり、二択の質問ならもっとはっきり答えられると告げて、質問を促した。

「じゃあ、ここの支払いは男子が多めに払ってくれますか」とバンダナ女子は質問した。

イエス。それは事前に決めてあったことだ。盛り上がる女子、得意気な男子。

別の子が「明日、バイトの面接なんだけど、雇ってもらえるかな」と、ちいさな声で訊いた。

イエス。俺の答えで彼女は肩の力を抜いた。

それからも、当り障りのない質問が飛び交った。

初対面の人間に面と向かって本気を見せる人はなく、答えるこちらも気楽なものだった。

女の子たちの悩みをうまく解きほぐしてやって、「水野くんすごい。私の未来も教えて」と請われる展開を期待したのに、その夜は一次会でおひらきとなった。やっぱり、自分の未来は見えないのだ。

前期が終わって秋休みに入るころ、郵便局の深夜バイトを始めた。

大学の先輩が突然、世界を放浪してくると言い出し、その後釜に誘われたからだ。「もう日本に帰ってこないかも」と笑ってみせた先輩だが、およそ二ヶ月後に旅先で強盗に襲われてびびって帰国し、そのトラウマか、二度と海外に行かなくなるところまで、未来が見えた。

人の思いというのは、そうそう願ったところに届かない。

手紙にだって、誤配の可能性はつきまとう。

深夜の郵便局で眠気に抗（あらが）いながら郵便物の区分けをやっているときも、俺らは携帯をちらちらチェックした。そのほうが眠気を遠ざけていられるからだ。休憩時間もそれぞれの画面を相手取るのに勤（いそ）しんで、単調な仕事は夢の中も同然に、のんびりとやった。

ガラケーからスマホに乗り換えたのもそのころで、機種変更した途端、スパムが急増した。受信したうちのひとつに神を名乗るメールがあって、馬鹿野郎、神は俺だ、なんて張り合ったりした。

合コンで知り合った子から連絡をもらったのは十一月終わり、バイト明けの午前六時だった。

地下鉄のホームでマフラーを巻き直している最中に、尻ポケットでバイブがふるえた。

「松野由佳子（ゆかこ）」という名前は登録していたけれど、顔は思い出せなかった。

メッセンジャーのアイコンは、幼稚園児のカバンにでも描かれてそうな、ヒヨコのイラストだった。

今度の土曜にバイトしないかという話で、詳細を訊くと、ショッピングモールでの年賀状販売だという。俺が郵便局でバイトしてることを友人づてに知ったので、声をかけたそうだ。

内勤と接客じゃ趣が違いすぎるものの、十時から五時まで休憩込みの日当八〇〇〇円って条件に、オーケーの返事を送った。

土曜日、開店前のモール入口で松野さんと再会した。

顔を見ても記憶は蘇らなかったけど、黄色いダッフルコートとヒヨコのアイコンは、すっと結びついた。

背丈は一五〇あるかないかといったところ。

ダッフルからは体型を見抜けなかったけど、緑色のカラータイツを穿いたふくらはぎは、本気の陸上部員を思わす膨らみを見せつけていた。

「床みたいに顔がつるんとしてるから由佳子」と、後に彼女自身がおどけてみせたとおり、顔立ちは凹凸に乏しく、性格も穏やかで、尖った表情など想像もつかなかった。

年賀状の販売は即席のワゴンで行い、胃腸の弱そうな男性局員がひとり付き添ってくれたけど、客への声掛けは主に俺の役目だった。

正午近くに別の男性局員がやってきて、「ご飯行ってきて」と命じられた。

二階のフードコートで俺はカツカレーを、松野さんはオムライスを食べた。しゃべるのは彼女で、俺は聞き役。子が親の気を引こうとするみたいに、全力で話された。

「そういえば、占いできるって言ってたよね。わたしの未来とか見えるの？」

いきなり話題が変わって、俺はとっさに身構えた。

間に合わなかった。

「わたしの未来」という言葉に触発されてか、彼女の未来の断片が、意識に放り込まれてきた。

日が暮れたあと、駅のホームで電車を待つ松野さんに、男がぶつかる。ちょうど電車が進入してくるタイミングで、線路への転落は避けられるものの、彼女の右腕は電車にぶつかる。ほとんど使い物にならなくなってしまう。

俺は瞬（またたき）を繰り返した。そうすれば悪趣味な白昼夢（はくちゅうむ）が消えるとでも信じているみたいに、しつこく。

ゴミでも入ったのかと、松野さんは黄色いハンカチを差し出してくれた。彼女の運命は、ちっとも去ろうとしてくれなかった。

「あれ、合コン用のネタでさ、ほんとに見えるわけじゃなくって。嘘ついてごめん」

「あ、そうなんだ」

「手相の勉強もやったから、ちょっとだけど。だから、本当の嘘ってわけでもないんだけど」

そんなところで嘘を上塗りしたことに自分でも呆れたけど、ただの嘘つきと思われるのは癪だった。

「水野くん、占い師にでもなるのかと思ってた」と笑う松野さんにあわせて、俺も笑った。

イメージに見た彼女は黄色のダッフルに緑のカラータイツで、事故現場になるホームは、モールの最寄り駅だった。

「松野さん、今日、電車？」

「うん」

答える彼女の目に、期待が浮かんでいた。

俺が次に言うことを心待ちにしてるみたいに。

好みのタイプじゃないのに、無邪気なくらい、ずいずいとこちらに歩み寄ってくる彼女の雰囲気(ふんいき)に、俺も、心を動かされそうになった。

「ここは？　よく来るの？」

「ううん、初めてだよ。自宅から遠すぎるし。水野くんは来たことある？」

「俺も初めて」

話の続きを待つようにストローでコーラを飲む彼女を見ながら、もう一度、さっきのイメージを捉(とら)えようと試みたけど、見えなかった。事故がいつ起こるのかを見極めておきたかった。

「わたしは今日、電車に右腕をぶつけるでしょうか」と質問させればよかったかもしれない。

でもそれはずっとあとで思いついた案だし、その場でひらめいてたとしても、口にする度胸(どきょう)なんてあったろうか。

「ね、まだ休憩時間だから、お店、見てまわろっか」と彼女は立ち上がった。

臨時雇いの俺は五時でバイトをあがり、松野さんは七時までだというので、いっしょに帰ろうと誘った。

午後七時十五分に再び彼女と合流し、冷たい風の吹くなかを駅まで歩いた。松野さんは終始しゃべっていたけど、話題はひとつも俺の意識まで入ってこなかった。

駅の改札を通り、階段を下りてホームに立った。

間違いなく、イメージで見た場所だった。

どうすればいいかわからないまま、電車の接近を告げるアナウンスを聞いた。

振り返ると、酔っ払いがひとり、階段を下りてくるところだった。ピンストライプのスーツに黒いナイロン地のロングコートを着た男で、いまにも頭から倒れそうなのに、細長い足が蜘蛛のそれみたいにぴょこぴょこ動いて体を運んでくる。

俺は松野さんの袖をつかみ、ちょっと座ろう、と近くの椅子を顎で指した。

「どうしたの？　体調わるい？」

風が勢いを増して吹いてきた。

彼女の腕に倒れるようにしてすがり、「目まいがする」と嘘をついてベンチに押した。

電車の警笛が耳に刺さり、つづけて、女の叫び声が聞こえた。

振り返ると、さっきの酔っぱらいが、ホームに倒れていた。電車が進入してきた。酔っぱらいは黄色の線よりずっと手前に転がったままだった。

　電車が停まり、ドアが開いて降りてきた人たちも、うつ伏せの酔っぱらいを避けて歩いた。発車のアナウンスが聞こえてきた。

「ごめんね、バイト頼んだりして。電車、次のにしようか」

　俺の肩に手をあてながら、松野さんは訊いた。返事するより早く俺は立ち上がり、彼女を引っ張って電車に飛び乗った。直後にドアが閉まった。ホームに倒れた酔っぱらいが、恨めしそうに俺を睨んでいた。電車が走り出し、男の姿が視界から消えると、ようやく俺もひとごこちついた。

「大丈夫？」

　松野さんが顔を覗きこんでくる。

「うん、もう大丈夫」

「座れないね。わたし支えるから」

　彼女は優しさを最大限に発揮して、俺の腰に手を添えてくれていた。

　電車が大きく揺れたとき、俺はバランスを崩して、あやうく松野さんに抱きつくところだった。

　ハグは免れたけど、そのとき、また、イメージが見えた。

　どこかの駅で階段から落ちて腕を負傷する松野さんの姿が。

乗換駅で、俺はエレベーターにしようと提案した。

改札へ向かう途中、階段の前を通った。

イメージで見た、彼女の転がるはずだった場所に違いなかった。

改札を出たところで立ち止まり、深呼吸した。

「だいぶよくなった。ありがとう」

「ほんとに？　大丈夫？」

「もう平気。多分、人の多さに酔ったんだと思う」

「あー、ねえ、一日お客さん多かったもんね」

「お礼にさ、夕飯ごちそうさせてよ」

ふたりでパスタ屋に入った。彼女はよくしゃべった。

店を出たのは、午後九時をまわったころだ。

電車の心配をするには早過ぎたし、そのまま帰るには気持ちが高ぶりすぎていた。

もう一軒行こうかと、俺から誘った。

するとあっさり「ごめん」と断られた。

「これから彼氏の部屋行かなくちゃいけなくて」

自分の口から、あー、と棒読みな声が漏れるのが聞こえた。

松野さんの態度はさっきまでと変わらず、ごめんねと謝る声にも悪びれた色はなく、それどころか、「今度はどこ遊び行こうか」などと言い出した。

窓という窓を開放しているみたいに友好的なままで、頼み込みさえすれば、一緒にベッドにだって入ってくれるかもしれない。だとしても、それは今日じゃない。これから、彼氏の部屋に行って彼氏のベッドに入るのだ。

俺と逆方向の電車に乗るというから、改札を通ったところで別れた。

「またね」と告げて片手を振る仕草にも、恋人めいた気安さがつきまとった。

階段をのぼりきってホームに立ち、寒さにマフラーを引っ張りあげて顔の下半分を埋めると、毛糸とガーリックの匂いが鼻を突いた。

なにも恋をしていたわけじゃない。

ただ、悔しがってるだけだ。

彼女を二度も危機から救った、その報酬も得られないばかりか、夕飯をおごってしまった。

毛糸とガーリックの混じった匂いが、これも失恋だぞ、と俺に言ってくるようで、むかついた。

反対側の電車が先に入ってきた。

松野さんは姿を現さなかった。

電車が停まり、あちら側のドアが開いた。

どうしたんだろう、と不安が頭をもたげた。

ひょっとして、さっき防いだつもりの事故がやっぱり現実になって、俺と別れた直後に松野さんは階段から転落し、いまごろ駅の救護室で右腕の激痛に苦悶(くもん)しているのかも。

想像を膨らませているところへ、黄色のダッフルが停車中の車両に現れた。

ほっとする俺の気持ちを知るはずもなく、彼女はスマホに集中し、ベルが鳴っても視線をはずさなかった。

でも、電車が動き出す直前、彼女は顔をあげ、こちらに笑顔を見せてきた。俺の立っている方角を最初から知っていたかのように、スムーズで真(ま)っ直(す)ぐな笑顔だった。

その笑顔とともに見えたのが、どこかの部屋で男に殴(なぐ)られる松野さんのイメージだった。

シングルのパイプベッドが六割を占めるワンルームだ。

カーテンレールにハンガーが並べてかけてあり、男物のシャツやジャケットに交じって、黄色のダッフルも吊るされている。

殴られた松野さんは床に倒れる。

男は彼女をまたぐ格好で仁王立ちになり、松野さんの右肘を目一杯に踏みつける。

イメージに音声は含まれてないけど、映像だけでも骨の折れる音が聞こえた気がした。

彼女を乗せた電車は走りだした。

その後、松野さんと連絡を取ることはなかった。

共通の友人から彼女の近況を聞くのもいやで、飲み会も断った。

都心に雪が積もった。自宅周辺にまっさらな新雪が敷かれ、足跡を振り返りながら歩いた。駅に近づくにつれ路面は水浸しになり、スニーカーにも水が染みこんで、靴下まで濡れていた。

腕一本で済んだだろうか。もしかすると腕など序の口で、取り返しの付かない悲運が松野さんを待ち受けていたのかもしれない。

そんなふうに、自分が見たイメージよりも先のことを、幾度となく想像した。ハッピーな展開はまるで見えず、不幸のバリエーションばかり集めていた。それこそが俺の見たがっている未来だとでもいうように。

きっと、そのせいだろう。俺の能力は、他人の不幸をピックアップする磁石(じしゃく)になった。

道を歩いていても、生気(せいき)の薄い人を見かけると、事故だの自殺だのの場面が脳裏に飛び込んでくるようになった。ただすれ違うだけの、赤の他人の運命が、一方的に飛び込んできた。

吹き抜けで転落する老人。

車から降りたところをトラックに撥(は)ねられる女性。

鍋いっぱいの熱湯を浴びせかけられる男性。

マンションの屋上から助走をつけて飛ぶ中学生。

酔いつぶれて、ゲロを喉(のど)につまらせ呼吸を止める若者。

神は神でも俺は死神なのかも。死期の迫った人にはきっと、一人に一人の死神が寄り添っていて、死神たちはすれ違いざまに挨拶(あいさつ)がわりとして、自分の予定を見せたがるのかもしれない。

ほらほら、見てくれよ、こいつをこれからこんなふうに殺すんだぜ、と。

趣味の悪い空想だけど、なにか理屈をつけないことには、理不尽で制御不能な予知能力に、俺のほうが潰されそうだった。

他人を直視しなければ不幸なシーンも見ずに済む、という単純な方法に気づいてからは、外でもなるべくスマホを見るようにした。

ところが、ネットを流れてくるニュースの類も、他人の運命を覗き見るという点では同じだった。

病気、事故、事件、災害。不幸には休みがない。

つべこべ考えるのも疲れるので、スマホを見るのも極力控えて、自分の足ばかり見るようになった。

海外で強盗に襲われた先輩が帰国し、バイトを始めたいと言うので、仕事を返すつもりで、俺が郵便局を辞めた。俺は俺で収入が欲しかったから、学生課に貼られていたバイトの中でも、接客とは無縁そうなものを選んだ。四谷の区民センターでの事務作業で、休憩時間には同じ建物に入った図書館で読書に勤しむようになった。読書だって他人の人生を覗く行為ではあるものの、街を歩く実人生を知るのとは根本的に違った。

上京して二度目の春を迎えたころ、椎名という男に出会った。

背は一八〇を軽く超え、色白で、顔は産毛もなさそうなくらい、つるんとしていた。九頭身か十頭身というバランス。瞳は茶色で、二枚目じゃないものの、異国の言葉のほうが似合いそうな濃い顔立ち。手足もアニメでしか見かけない極細のシルエットで、ドクターマーチンの臙脂色のブーツはディズニーキャラの衣装みたいにでかく見えた。

ある日、学食でひとり飯を食べていると、彼が突然現れて、向かいの席に座った。

知り合いかと思って顔を見る。見覚えのない人物だった。空席はいくらでもあったから、当然、俺は警戒した。勧誘の類かと。

「なに読んでんの」と、彼はテーブルの単行本を指して訊いてきた。菅野ヒカリというミュージシャンをモデルにした小説で、ファブヒューマンというバンドの再結成のきっかけにもなって話題を呼んだ作品だった。読みかけのページを開いたままうつぶせに置いてあるんだから、タイトルも見えているはずで、俺は彼の質問を無視した。

　すると彼は、本の横に出しておいた栞に手を伸ばして、「これ、おまえの？」と質問を重ねた。

　なおも無視を続ける俺に、「これ、知ってんの？」と謎の質問を投げかけてきた。彼の指先は、プラスチックの栞のイラストにあてられていた。

「ペンギン」と俺は返した。

「の着ぐるみ」と彼は付け足した。思いがけない発言に、俺はそのイラストを見つめた。

　手書き風の線画のペンギンは、くちばしの下にも楕円の模様がふたつ描かれていて、ツキノワグマみたいに、そういう模様がある種類なんだろうと理解していた。でも、言われてみれば、ペンギンのかぶりものに身を包んだ人物に見えなくもない。

「人がペンギンの着ぐるみに入ってんだよ」

　訊いてもいないのに、彼は説明を加えた。うっとうしくなって、俺は席を離れようとした。

そのとき、イメージが見えた。

轟々(ごうごう)と荒れる川で溺(おぼ)れる彼の姿。

息苦しくなるほど分厚い黒雲と、横殴りの雨。

でも、その日は穏やかな晴天で、しばらく雨は降りそうにない。その場面がいつ訪れるものなのか、見当もつかなかった。

「川に気をつけろよ」

それだけ伝えて、栞と本をバッグに突っ込んだ俺は、学食をあとにした。

翌日、講義が終わって大学を出たところで、また彼に捕まった。

「なあなあ、きのうのあれ気になんだけどさ、川ってなに？　てか、おれ、椎名。おまえの名前は知ってるよ、水野くん」

どこで調べたか知らないものの、一方的に知られてるのはむかついたし、おまえ呼ばわりも腹立たしかった。

「で、川ってなに、川って？」

隣を歩くブーツの足音も耳障(みみざわ)りだった。

「言ってない。聞き間違いだろ」

彼を振り払い、電車に乗ってスマホを見ると、休眠中のＳＮＳに友達申請が届いていた。椎名からだった。彼の友達リストを探ってみると、合コンで会った女の子とつながってた。申請は無視した。

新入生たちの浮足立った声も落ち着き、五月の陽気も去って、六月になった。

ときどき、椎名を見かけた。どこにいても頭ひとつ抜けて動いているから、海面のブイみたいに目についた。

ある日、まとまった雨が降ったが、翌日にはやんだ。

椎名は生きていた。

長期予報は「空梅雨（からつゆ）」と連呼してたし、彼も元気そうで、洪水と溺死（できし）のイメージはいよいよ見間違いだったかと思いはじめた。

そうならば嬉（うれ）しい。固定された未来をネタバレされるなんて、うんざりだった。それも、まるで関係のない人間の未来なんて。

だけど、とうとう、豪雨はやってきた。いつかは来るものだから、あたりまえだけど、いよいよ椎名を災厄が呑み込むのだと思うと、ただでさえ暗い気分が、濃さを増した。

暗灰色の雨雲は厚く、重たげで、窓越しに観察していても、ちっとも動いているように見えなかった。

自宅では、数日溜め込んだ洗濯物の数に辟易しながら、俺は初めてエアコンの「除湿」を使った。

街なかで見かけるテレビ画面はL字型に区切られて、気象情報を絶えず映していた。気象予報士はどの局でも、驚きと深刻ぶった表情で注意を喚起していた。突風で傘が裏返りそうになった。大学の教室のなかまで湿度が高く、蒸し暑かった。

渋谷の地下道を歩いていると、半蔵門線の改札から見覚えのある女の子が出てきた。

松野さんだった。

彼女のほうが先に俺を見つけていたらしく、気づいたときにはごまかせない距離まで近づかれていた。蒸し暑いのに、黒の長袖ブラウスを着ていた。顔がむくんでいるようだった。

誘われて、百貨店の喫茶室に入った。

彼女は左手で、ぎこちなくコーヒーカップを持った。右手はテーブル下にしのばせてあった。動作のすべて、カップを持つ指先や、かすかな笑い方にまで、油の切れた機械を連想させられた。

「なんか、連絡、しなくてごめんね」と謝られた。義務感と捨て鉢な印象の混じった声だった。

彼女のカップから、コーヒーが数滴、テーブルに落ちた。

「あれから、ちょっと、たいへんで」

なにかを繕(つくろ)うみたいに述べる彼女に、俺は苛立(いらだ)ちをおぼえた。

「右手、使えないんでしょ」

口をついて、そんな言葉が出た。

「あ、知ってるんだ」

悪事を暴(あば)かれた人が開き直ったときみたいに、彼女は応じた。ほっとしたふうな態度に、余計むかついた。

「見えたんだ。あのとき、占いが嘘だって言ったけど、それがほんとは嘘で、俺、人の未来がちょっとだけ見えるんだ。信じてもらえないだろうけど、バイトに誘ってもらった日もさ、松野さんが腕を怪我(けが)するのが見えた。ちゃんと助けたんだけど、二回ね。最初は電車にぶつかるはずだった。それを回避したと思ったら、今度は階段から落ちるのが見えて、それも助けたんだけど、彼氏の暴力までは止められなくて」

白いテーブルクロスを見おろしながら、俺は彼女の反応を待った。

数秒待っても、彼女は無言だった。

一分くらい、互いに黙っていた。

やがて松野さんがのろのろと立ち上がり、背を向けて歩き始めた。

だけどすぐに振り返った。

松野さんはさっきまで座っていた椅子を、俺に向かって蹴った。床を引っ掻くような音が店内に響いた。

店員の女性がうろたえた様子で声をかけてきた。

松野さんは力強い足取りで、出ていった。

渋谷からの帰り、電車から見た川は、もう氾濫していた。

河川敷のグラウンドは水に沈んで、川の水位を示すコンクリートの構造体も、警戒を促す線まであと僅かのところに水面が迫っていた。

大学から自宅待機を指示するメールが届いた。

自室の窓から見える街路樹がエビ反りになっていた。雨だけじゃなく風も記録的だという。

バイト先からも自宅待機の通達が来て、ネットで大雨関連のニュースを徘徊しているとき、ようやく俺は椎名の身を案じた。

ざっとチェックしても、大学生が犠牲になった事故は、まだ報じられていなかった。

俺のせいじゃない。

俺は悪くない。

そう念じながら、ベッドにしがみついた。

明け方、雨はあがっていた。

カーテンを開けると、雲は大きな穴をいくつも開けて、青いブチ模様が空一面に広がっていた。

外を歩くと、空き缶や雑誌やTシャツや木切れ、イモリの死骸(しがい)なんかが散乱して、路上は祭りのあとみたいだった。

アスファルトはまだ黒く濡れていて、空気もじっとりと重かった。

電車から見る河川敷のグラウンドも、まだ沈んだままだった。

水面は陽光を照り返して、まばゆかった。

大学は二限(げん)から通常どおりだと報(しら)せてきた。腹が減ってたから、二限をさぼって学食に行った。麻婆丼(マーボー)を食べていると、いつのまにか、向かいに椎名が座っていた。

未来を垣間見る(かいまみ)という不思議な能力が一段と磨かれて、とうとう幽霊まで見えるようになったのかと、一瞬、思った。

「やっぱ麻婆丼だよな」

相変わらずの軽さで話しかけてきた椎名は、水色のジャージを着ていた。明らかにサイズが合っていなくて、袖が短く、テーブルに肘(ひじ)をつくと腕の半分が露(あら)わになった。

「昨日さ、川で溺れかけたんだけど、水野が言ってたのってそのこと？」

尋ねる彼を、まともに見られなかった。

すると椎名は俺のスプーンを奪い、麻婆丼を一口食べた。

これが幽霊でなければ、死神は今頃、椎名を探しまわってるに違いない。でなければ先回りして、次の悲劇の準備を進めているのだろう。すぐにまた新しいイメージが飛び込んでくるはずだと身構えながら、俺は椎名を見つめた。

なにも見えなかった。

「なに、おれのことおばけとか思ってる？」

「思ってない。死後の世界のコスチュームが、そんなちんちくりんだっていうなら話は別だけど」

俺の言葉に椎名は大笑いした。

「あー、シーツでも着てくりゃよかったな。うん、まあ、おれ、生きてる」

余裕の笑みを浮かべ、椎名は自分の頬や耳をつまんでひっぱってみせた。

「な、おれ、こういう話って大好物なんだよ。だから頼むから種明かししてくれよ、なんで『川に気をつけろ』なんて言ったんだ？」

声色まで変えて、俺のモノマネのつもりだろう。

それはそれでイラッとさせられたけど、同時に俺は不思議だった。

「おまえ、注意してたのに溺れかけたのか？　なんで危険だってわかってて出歩いてたんだよ」

椎名は俺が置いていた文庫本に手をかけながら答えた。

「だーって、水野があんなこと言うから、川になんかあんのかなーって、気になって、気になってさー、歩いてたんだよ、川沿いを、豪雨のなか。そしたら、ちょっと離れたところに、自転車に乗った女の子がいてさ、風に薙ぎ払われたみたいに自転車が傾いて、そのまま斜面滑って川にどぼんだよ。そりゃ、助けるだろ？　おれもけっこう水飲んだけど、なんとかその子つかんで」

「その子が死んだのか」

「まさか！　ちゃんと助けた。水野のおかげだよ、言われたとおり川に気をつけてた。だからあの子をひとりで溺れさせたりせずにすんだ。おまえ神だな」

感謝されるなんて思いもよらず、俺は即座に反論した。

「そういうつもりで言ったんじゃ」

「ほらきた！」椎名は俺を指さしてよろこんだ。「じゃあどういうつもりだったんだ？　ほら、教えてくれ、ぜんぶ。頼むから」

三日も食べてない犬が餌を求めるように、興奮を剝き出しに頼まれた。

結局、俺の方が根負けした。

知りたかったというのもある。どうして椎名が助かったのか。どうして次の不幸が見えないのか。

学食では話す気になれず、外に出た。

十分ほど歩いた先にある喫茶店で、俺は予知能力の件を打ち明けた。松野さんの件など、後悔がまとわりつく部分については伏せておいた。それでも、椎名の好奇心を満たすには十分だと思った。

半地下の店で、天井近くのステンドグラスには天使が描かれ、外からの光は天使を透かして注いでいた。カウンターの客がカップをソーサーに置く高い音まで美しく響いた。

椎名は、意外なほど静かに耳を傾けてくれた。

ひととおりの説明を終えると、椎名はまず二択の質問で俺を試した。

「おれの今日の運勢って最下位？」

イエスと答えるや、彼はスマホで占いのページを開いた。最下位だった。次の問いは、こうだった。

「いまから後輩に電話して今夜飲みに誘うけど、付き合ってもらえるよな？」

ノー。

電話をかけに外へ出た椎名を待つあいだ、俺は文庫本を出して読もうと試みた。

でも、ちっとも集中できなかった。

椎名はすぐに戻ってきた。栞を挟んで本を置いた俺に向かって、椎名は「正解」と司会者ぶった手つきをしてみせた。

「茶化したいのか？」ムカつきを隠さず俺は訊いた。

「いやいやいや、信じてるって。水野が神だっていうならそうなんだろ。だろ？」

「その言い方がふざけてんだよ」

「てかさ、水野が神なら、その予言を覆したおれも神じゃね？」

へらへら笑いながら椎名は言った。

ふざけた素振りだけど、その鷹揚さはまさに、人の意など歯牙にもかけない神そのものだった。

こいつなら、女の子を助けるため川に飛び込んだときだって、にやついてたに違いない。

見てもいないイメージが、くっきりと俺の脳裏に浮かんだ。

氾濫する水を歓迎するみたいに、口を大きく開けて笑ってたはずだ。

「川、怖くなかったのか」

俺の質問に椎名はやっぱり笑って、「怖かったー」と自分を抱きしめてみせた。

「だってさ、あれ見えたんだぜ、ほら、走馬灯」嬉しそうに手を叩いて言う。「飛び込む直前に、女の子もろとも死んじゃうところがさ。すげえリアルで、びびりまくった」

「そういうのは既視感って言うんだ」

「あ、そう」と興味なさそうに応じて椎名は話を続けた。

女の子とともに川から脱出し、近くの家まで背負って走って救急車を呼んでもらった。女の子は「七歳の七海ちゃん」で、名前に海が入ってるのに泳ぎがまるでダメなのだと、椎名に謝ったそうだ。

「おとうさんも名前に海がつくのに泳げなくて、おかあさんは昔、水泳の選手だったの」と泣きながら語るものだから、救急車の中は緊張感もなく、穏やかな空気だったという。幸い、水もあまり飲んでおらず、目立った怪我もなかった。

「早期に助けてやったからな」と椎名は自画自賛の台詞を挟んだ。

「俺が忠告してやったからだ」

手柄を横取りするつもりは皆無だったものの、椎名の態度に苛ついた俺は、考えるより先に、そんなことを口走った。椎名はにやにやと笑いながら、話を再開した。

七歳の七海ちゃんは救急車の中で、「泳ぎを練習する」と泣きながら救急隊員と椎名に約束したそうだ。すると隊員は子供相手とは思えぬ剣幕で、泳げたとしてもこんな日に出歩いちゃダメだと叱った。そうだぞ、と椎名も大人のひとりとして同調した。すると救急隊員は椎名に向かって、「大人もだ」と釘を刺したという。

病院へ駆けつけた両親を見ながら、この人が泳げないお父さんか、と椎名は妙に納得した。確かに、運動とは無縁そうだと。

母親のほうが、どうしても御礼をさせてくれといって譲らないので、病院の売店で着替えのために下着とジャージを買ってもらったのだそうだ。

「で、これが買ってもらったジャージ。おまえに見せたくてわざわざ着てきたんだから」

相手をいちいち呆れさせないと話せないのか。そういって詰ってやりたかったけど、そんな台詞も、椎名を喜ばせるだけだろう。代わりに俺は言った。

「運が良かっただけだろ」

「それがさ、運じゃないんだよ。あのさ、実はおれ、魔法使えんだ」

にたり、と椎名は笑った。

冷めたコーヒーにホイップクリームを載せた椎名は、銀のスプーンをカップ上空でくるくると回転させた。

魔法が始まるのかと、俺もしばらくそれを眺めていた。

でも、なにも起こらなかった。

「魔法は？」

我慢できず俺は訊いた。

「しいなない」と彼はつぶやいた。

俺は眉をひそめた。

椎名はもう一度、スプーンを右から左へ指揮棒みたいに振りながら、一声発するごとに目を見開いて、一音ずつ区切って繰り返した。

「し、い、な、な、い。わかった？　しいなない」

子供が「知らない」を「しーらない」と伸ばして言うときの響きだ。

「なんだそれ」

俺はまた呆れた。

「幼馴染が昔々に言ったやつでさ、『椎名って殺しても死ななさそう』って話の流れで、死いなないって。それ唱えるとそんな気がして、力が湧いてくんだよ。死なない、死なないって。走馬灯のあとでそれ思い出してさ」

「はあ？」

「だーから、死なない、だろ？　それが、しいなない」

苛立ちを強めながら、椎名は繰り返した。

「いや、わかるけど」

俺の胸にも、もどかしさが嵩張っていった。

「神のくせに飲み込み悪いな」

ジャージの短い袖を引っ張って伸ばしながら、椎名は俺を皮肉った。俺も言い返した。

「うるさいな。人間の言葉で表現できないんだよ、この、おまえに対するイラッとする感じ」

冗談を言ったつもりじゃなかったのに大笑いされて、俺もつられた。

ひとしきり笑ったあとで、俺は訊いた。

「なんで、椎名だけなんだ」

「ん？　なにが」

松野さんを見捨てたことを、俺は告白した。それから、これまで未来を覗いてしまった人物の、誰一人として助けてやれなかったことを。

語るにつれ、言葉は懺悔になっていった。

自分がいかに悔いていたかを思い知らされた。

ひととおり語り終えると、黙って聞いてくれていた椎名が、口火を切った。

「まさかおまえ、自分の見たことぜんぶに関わりがあるとか思ってんの？」

また茶化されるのかと思い、やっぱり話すんじゃなかったと後悔しながら、椎名の問いは否定した。

「思ってない」

「いや、水野はそういうとこあるな」と椎名は言った。

「知ったふうに言うなよ」

「だっておまえ、自分の見た範囲で片付けてんじゃん。だいたいどうしておれだけだって思った？　ほかにもいるかもしれないだろ、おまえが見た運命を回避してピンピンしてる奴がさ。ちがうか？　あれこれ見えるからって、それでぜんぶ見た気になってんだろ」

確かに、俺が見てきたのは断片だ。いずれ訪れるだろう未来の、たった一コマを切り取っただけの場面で、それが本当に起きたかどうか、追いかけたりはしなかった。

俺は反論を諦めなかった。

「見えなけりゃ、なんとでも言える」

すると、椎名はこう返した。

「見える」

「見える？」

また出まかせだと思いたかったのに、椎名は笑ってなかった。

「個別の運命は知らんけど、みんないずれ死ぬのはわかってる」

あたりまえだ。

誰だって死ぬ、なんて、馬鹿にしてるのか。

「そんなこと言ってるんじゃないだろ」

「いいや、そういうことだって」椎名の強気な態度は、譲歩するつもりがまったくないことを示していた。「誰だっていずれ死ぬ。最後には敗けるようにできてんだって。だからってな、運命なんてのは嘘だ。諦めるための、体のいい理由だ。そういうのヤなんだよ。おれは、そういうのぜんぶはねのけてやりたい。最後は神様にだって勝ちたい。だから唱えんの、死いなない、死いなないって」

椎名は真剣だった。俺が笑う番だった。

「いいな椎名は。悩みもないだろ」

まただ。

思慮の浅い発言で、人を突き放してしまう。

俺の悪い癖（くせ）だ。

神様気取りの馬鹿なやつ。

椎名に悩みがあるかどうかは知らない。

でもそれは、俺が白黒つける問題じゃなかった。

椎名は言った。

「神だって悩むんだろ？」

神妙な口調で、俺の手元にあった文庫本を引き寄せると、椎名は栞を抜き取った。

「実を言うと、このペンギンだっておれの悩みだ」と椎名は告げた。「なあ、おれがその悩みを解決できるかどうか、教えてくれよ、神様」

言葉と裏腹に、椎名の声には真剣さが表れていた。

親の都合で何度も転校してきたこと、どのときも急な引っ越しで、うまく別れを告げられなかったこと。自分の来歴を語り、それから椎名は旧友の名前を告げた。喧嘩別れして、十年以上も会っていないという。ペンギンの栞と同じ物をかつて椎名も持っていて、それは件（くだん）の友人の手に渡ったそうだ。学食で初めて会ったとき、俺はペンギンの栞をテーブルに出していた。だから話しかけてきたのだと椎名は打ち明けた。

「その友達に会いに行きたいって思ってるのに、きっかけがなくてさ」と椎名にしては、しおらしいことを口にした。

テーブルに置かれた栞をつかんだ俺は、それが自分のものではなく、図書館のおとしものボックスから拝借（はいしゃく）してきたものであることを白状した。にわかに読書家となった俺の相棒として、その栞は、何冊もの本を渡り歩いてきたのだと。

「やるよ」

着ぐるみペンギンの栞をテーブルに戻して、椎名のほうへ押した。椎名の未来は見えなかったものの、はっきりしていることがひとつあった。

「これできっかけになるだろ」

彼は笑った。

数日後、俺は一通のメールを作成した。

神です。
先日、魔法の言葉を落としてしまいました。
見かけたり、拾ったりしていませんか?
苦しいときに唱えれば、あなたもきっと救われる言葉です。
考えてみてください。
そして思い出したら、忘れずにいてください。

前に受信した神様名義のスパムを、一部書き換えたものだ。
椎名の呪文が本当だと、ひとまずは信じることにした。
こんなメールが役に立つかどうか、確証なんてないけど、可能性はあるだろう。

蝶々の羽ばたきひとつが世界を変えるっていう、あれだ。絶体絶命の状況を、「しいなない」なんて一言で乗り切る人物が、椎名のほかにもいていいはずだ。

新規アカウントを取得して、持ってる限りの宛先に送信した。

作業を終えてベッドに寝転んだ俺は、自分にとっての魔法の言葉を探した。

浮かぶ言葉はどれも借り物めいていた。小説や映画や歌詞からの引用ばかりだから仕方ない。

ビビディ・バビディ・ブー。

あの呪文の由来はなんだろう。

［ビビディ・バビディ・ブー　由来］で検索してみたけれど、由来なんてなかった。ゴロが良いだけらしかった。

その結果に、拍子抜けするとともに、とても納得できる気がした。

きっと、魔法の言葉があるわけじゃない。

形だけの言葉を魔法にするのは、その人自身だ。

夏休みになってすぐ、俺は松野さんに会いに行った。

彼女は、すっかり左利きになっていた。

会ってなにを話していいのかわからず、前回のことを、互いに謝った。それから天気の話などが続いた。彼女はすっかり痩せて、顔の陰影もくっきりと出ていた。

「床みたいだから」なんて自己紹介文だって、もうお役御免だろう。脚は、藁を束ねたように頼りないシルエットになっていた。

テーブルの上にずっと出されたままだった右手は、挑みかかるような存在感を放っていた。見た目には、機能を損なっているなんてわからない。でも、俺がそれを知っているからこそ、堂々と置かれた右手に、なにかを読みとってしまうのだ。

「そういえば、このあいだ神様からメールが来て」と松野さんは言って、うろ覚えの文章を諳んじた。俺はこう質問した。

「松野さんの魔法の言葉ってなに？」

一旦は口を開きかけて、だけど彼女はまた口をつぐんだ。そして問い返された。

「水野くんは？」

「俺は、友達の言葉かな。しいなない、っていうんだけど」

「え？　なにそれ」

由来を話して聞かせると、彼女は笑った。前とは、ぜんぜんべつの種類の笑顔だった。

「あ、あった」と彼女は表情を明るくさせた。「わたし、絵を描くのが昔から好きで、漫画家になるのが夢だったの。だから、昔の歌にあった、ラクガキひとつで世界を変える、って言葉が好きで、何度も助けられてた」

そうして彼女は、いまも、新しい方の利き腕で絵の練習を重ねているのだと、恥ずかしそうに告白した。

別れ際、また会おうよと俺は言った。

そうだね、と彼女は応じてくれた。

後期が始まった初日、キャンパスで椎名に捕まった。

夏休みにあの栞を持って図書館を訪ね、司書に話を聞いたところ、意外な展開になったのだと、興奮を抑えきれない様子で椎名はまくしたてた。普段以上に支離滅裂（しりめつれつ）な話で、本に挟まれていたメモだの、ブログに書かれていた文章だの、高校時代に好きだった女の子だのといった断片が、ばらばらと並べられていった。

そのとき、また、川べりに立つ椎名のイメージが見えた。

よく晴れた朝のようで、服装から察するに冬か、春先か。

春だ。

桜の花びらが舞い散っている。

椎名は右手をあげ、人差し指と中指を立てると、ちいさく振ってみせた。

隣にきれいな女の子がくっついていて、その子は何かに驚いたふうな表情を浮かべていた。横の椎名は嬉しそうな、愉快そうな、それか、幸せそうな顔だった。

「運命のひとでも見つけた？」

冗談めかして訊くと、椎名は俺に抱きついてきて「神様！」と絶叫した。

エピローグ

以下の文章は「さかさまさか」に登場する中野佳祐が自著の文庫本に「あとがき」として寄せたものである。

謝辞を書くことに憧れていた。

アカデミー賞の受賞スピーチみたいに、感謝を捧げる相手の名前をまくしたてるのだ。

僕は作家としてのデビューが三〇を過ぎてからで、決して早くはなかった。遅咲きの人間には、辛抱強く水を与えてくれた人が身近にいるものだ。礼を言う相手には事欠かない。

新人賞を受賞して単行本が出版されるとき、謝辞を書かせてもらえないかと打診したところ、縁起が悪いからやめようと編集者に諭された。それじゃ一作で終わりの人みたいだから、と。

今回、デビュー作が文庫化されるにあたって、あらためて謝辞について相談したところ、あとがきの一部に組み込んではどうかと提案があった。なるほど。本の冒頭で声高に叫ぶよりは、僕に合っている。

まずは妻の藍子に最大の感謝を捧げる。彼女の助言がいつも僕の生命維持装置として機能している。新鮮な空気と厳しい叱咤をありがとう。

次に、フリーランスの編集者として長年伴走してくれている丸山拓海さんにも、どでかい感謝を。子煩悩な彼の指導抜きでは、僕の書く物語はもっと体温の低いものになっていただろう。

僕と同世代の人ならば知っていると思うが、偉大なるバンド、ファブヒューマンの再結成ライブに招待を受けたのも丸山さんのおかげだ。亡き菅野ヒカリをモデルとした作品を書いたのは何年も前なのだけれど、その本を丸山さんがバンド関係者に贈ってくれた。本を読んで再結成を決意したとバックステージで感謝されたことは生涯の宝だ。

本人に届かないのは悔しいが、菅野ヒカリにも深い感謝を伝えたい。彼女の音楽がなければ僕はいくつかの夜を乗り越えられなかった。バンド再結成の立役者だなんて、そんなことはない。僕は大勢のファンのひとりに過ぎず、彼女への想いを自分なりに言葉にしただけだ。

菅野ヒカリには、もうひとつ感謝している。妻との交際のきっかけも与えてもらった。

楽曲ほどには有名にならなかったが、菅野ヒカリはペンギンのイラストも遺した。「ペンギン氏」と名付けられている。妻はファブヒューマンの曲もろくに知らなかったけれど、初めて会ったときに彼女がらくがきしたペンギンがペンギン氏そっくりで、それを機に僕らの世界は変わった。

ペンギン氏についてはもうひとつ、おもしろい話を丸山さんから聞いた。

丸山さんが行きつけのバーでペンギン氏の話題を出した。おなじく常連である司書の女性はペンギン氏を知らなかったが、ある日、勤務先である四谷図書館の蔵書からペンギン氏の栞を見つけて丸山さんの話を思い出したそうだ。栞はファンクラブ会員にのみ配布されたグッズだった。

持ち主が探しにくるだろうと考えておとしものボックスに入れていたところ、いつのまにか姿を消した。それからしばらくして、件の栞を手にした大学生が図書館を訪ねてきて、十年も昔になくしたものだと教えてくれたそうだ。めぐりめぐって所有者のもとに戻った。それだけでも不思議な話だが、その大学生はペンギン氏の栞をきっかけに、喧嘩別れした旧友とも再会できたという。一枚の栞が人生を変えることだってあるのだ。

あとがきと呼ぶにはとりとめのない話になった。アカデミー賞授賞式のステージならとっくに巻きの指示が入っているところだろう。僕もそろそろアイラブユーを連呼してステージを降りる頃合いだ。

最後に、丸山さんが単行本の帯に書いてくれた言葉を引用して終わりたいと思う。つまるところ、僕が書きたいのはいつもこういうことかもしれない。

あなたの小さな決断が　どこかの誰かを幸せにする——

本書は、二〇一五年十一月にＰＨＰ研究所から刊行された作品にエピローグを加え、修正したものです。

この物語はフィクションであり、実在の個人・団体等とは一切関係ありません。

著者紹介

中山智幸（なかやま　ともゆき）

1975年、鹿児島県生まれ。西南学院大学卒。2005年に「さりぎわの歩き方」で第101回文學界新人賞を受賞してデビュー。2008年には『空で歌う』が第138回芥川賞候補にノミネートされた。
著書に『さりぎわの歩き方』と『空で歌う』などがある。

ＰＨＰ文芸文庫　ペンギンのバタフライ

2021年11月18日　第1版第1刷

著　者　中山智幸
発行者　永田貴之
発行所　株式会社ＰＨＰ研究所
東京本部　〒135-8137 江東区豊洲5-6-52
第三制作部　☎03-3520-9620(編集)
普及部　☎03-3520-9630(販売)
京都本部　〒601-8411 京都市南区西九条北ノ内町11
PHP INTERFACE　https://www.php.co.jp/
組　版　朝日メディアインターナショナル株式会社
印刷所　株式会社光邦
製本所　株式会社大進堂

ISBN978-4-569-90162-6

PHP文芸文庫

ワンルーム・ショートストーリー

ピクシブ株式会社 企画・協力/PHP研究所 編

「ワンルーム」「一部屋で完結」をテーマに、pixivが主催した文学賞に応募された掌編から優秀作品を厳選したショートショート小説集。

PHP文芸文庫

ロング・ロング・ホリディ

小路幸也 著

北海道・札幌――。大学2年生の幸平が、バイト先の喫茶店に集う人々との交流を通じて〝大人〟へと成長していく様を描いた青春群像劇。

PHP文芸文庫

すべての神様の十月

小路幸也 著

貧乏神、福の神、疫病神……。人間の姿をした神様があなたの側に⁉　八百万の神々とのささやかな関わりと小さな奇跡を描いた連作短篇集。

PHP文芸文庫

グルメ警部の美食捜査

斎藤千輪 著

この捜査に、このディナーって必要⁉ 聞き込み中でも張り込み中でも、おいしい料理にこだわる久留米警部の活躍を描くミステリー。

PHP文芸文庫

京都祇園もも吉庵のあまから帖

志賀内泰弘 著

京都祇園には、元芸妓の女将が営む「一見さんお断り」の甘味処があるという——。ときにほろ苦くも心あたたまる、感動の連作短編集。

PHP文芸文庫

世にもふしぎな動物園

小川洋子／鹿島田真希／白河三兎／似鳥 鶏／東川篤哉 共著

動物がペンネームに隠れている作家が、その動物たちをテーマに短編小説を書いたら……。ミステリーから泣ける作品まで5作品を収録。

PHP文芸文庫

後宮の薬師（くすし）

平安なぞとき診療日記

小田菜摘 著

父から医術を学んだ一人の娘が、薬師として後宮へ。権力闘争に明け暮れる宮廷で起こる怪事件に、果敢に挑む！　平安お仕事ミステリー。

PHP文芸文庫

ジンリキシャングリラ

山本幸久 著

野球部を辞めた雄大は、可愛い先輩に誘われ人力車部へ⁉ とある地方都市を舞台にした高校生たちの笑いと涙の青春ドラマ。

PHP文芸文庫

独立記念日

原田マハ 著

夢に破れ、時に恋や仕事に悩み揺れる……。様々な境遇に身をおいた女性たちの逡巡、苦悩、決断を切り口鮮やかに描いた連作短篇集。